m

阅读之前 没有真相

午夜文库

阿加莎·克里斯蒂
赫尔克里·波洛系列

阿加莎·克里斯蒂
Agatha Christie (1890—1976)

无可争议的侦探小说女王，侦探文学史上最伟大的作家之一。

阿加莎·克里斯蒂原名为阿加莎·玛丽·克拉丽莎·米勒，一八九〇年九月十五日生于英国德文郡托基的阿什菲尔德宅邸。她几乎没有接受过正规的教育，但酷爱阅读，尤其痴迷于歇洛克·福尔摩斯的故事。

第一次世界大战期间，阿加莎·克里斯蒂成了一名志愿者。战争结束后，她创作了自己的第一部侦探小说《斯泰尔斯庄园奇案》。几经周折，作品于一九二〇年正式出版，由此开启了克里斯蒂辉煌的创作生涯。一九二六年，《罗杰疑案》由哈珀柯林斯出版公司出版。这部作品一举奠定了阿加莎·克里斯蒂在侦探文学领域不可撼动的地位。之后，她又陆续出版了《东方快车谋杀案》《ABC谋杀案》《尼罗河上的惨案》《无人生还》《阳光下的罪恶》等脍炙人口的作品。时至今日，这些作品依然是世界侦探文学宝库里最宝贵的财富。根据她的小说改编而成的舞台剧《捕鼠器》，已经成为世界上公演场次最多的剧目；而在影视改编方面，《东方快车谋杀案》为英格丽·褒曼斩获奥斯卡大奖,《尼罗河上的惨案》更是成为几代人心目中的经典。

阿加莎·克里斯蒂的创作生涯持续了五十余年,总共创作了八十余部侦探小说。她的作品畅销全世界一百多个国家和地区,累计销量已经突破二十亿册。她创造的小胡子侦探波洛和老处女侦探马普尔小姐为读者津津乐道。阿加莎·克里斯蒂是柯南·道尔之后最伟大的侦探小说作家,是侦探文学黄金时代的开创者和集大成者。一九七一年,英国女王授予克里斯蒂爵士称号,以表彰其不朽的贡献。

一九七六年一月十二日,阿加莎·克里斯蒂逝世于英国牛津郡沃灵福德家中,被安葬于牛津郡的圣玛丽教堂墓园,享年八十五岁。

阿加莎·克里斯蒂 侦探作品年表

波洛系列

1920　The Mysterious Affair at Styles《斯泰尔斯庄园奇案》
1923　Murder on the Links《高尔夫球场命案》
1924　Poirot Investigates《首相绑架案》
1926　The Murder of Roger Ackroyd《罗杰疑案》
1927　The Big Four《四魔头》
1928　The Mystery of the Blue Train《蓝色列车之谜》
1932　Peril at End House《悬崖山庄奇案》
1933　Lord Edgware Dies《人性记录》
1934　Murder on the Orient Express《东方快车谋杀案》
1935　Three-Act Tragedy《三幕悲剧》
1935　Death in the Clouds《云中命案》
1936　The ABC Murders《ABC谋杀案》
1936　Murder in Mesopotamia《古墓之谜》
1936　Cards on the Table《底牌》
1937　Dumb Witness《沉默的证人》
1937　Death on the Nile《尼罗河上的惨案》
1937　Murder in the Mews《幽巷谋杀案》
1938　Appointment with Death《死亡约会》
1938　Hercule Poirot's Christmas《波洛圣诞探案记》
1940　Sad Cypress《H庄园的午餐》
1940　One, Two, Buckle My Shoe《牙医谋杀案》
1941　Evil Under the Sun《阳光下的罪恶》
1943　Five Little Pigs《五只小猪》
1946　The Hollow《空幻之屋》
1947　The Labours of Hercules《赫尔克里·波洛的丰功伟绩》
1948　Taken at the Flood《顺水推舟》
1952　Mrs. McGinty's Dead《清洁女工之死》
1953　After the Funeral《葬礼之后》
1955　Hickory Dickory Dock《山核桃大街谋杀案》
1956　Dead Man's Folly《弄假成真》
1959　Cat Among the Pigeons《鸽群中的猫》
1960　The Adventure of the Christmas Pudding《雪地上的女尸》

阿加莎·克里斯蒂 侦探作品年表

1963　The Clocks《怪钟疑案》
1966　Third Girl《第三个女郎》
1969　Hallowe'en Party《万圣节前夜的谋杀》
1972　Elephants Can Remember《大象的证词》
1974　Poirot's Early Stories《蒙面女人》
1975　Curtain—Poirot's Last Case《帷幕》

马普尔小姐系列

1930　The Murder at the Vicarage《寓所谜案》
1932　The Thirteen Problems《死亡草》
1942　The Body in the Library《藏书室女尸之谜》
1943　The Moving Finger《魔手》
1950　A Murder Is Announced《谋杀启事》
1952　They Do It with Mirrors《借镜杀人》
1953　A Pocket Full of Rye《黑麦奇案》
1957　4.50 from Paddington《命案目睹记》
1962　The Mirror Crack'd from Side to side《破镜谋杀案》
1964　A Caribbean Mystery《加勒比海之谜》
1965　At Bertram's Hotel《伯特伦旅馆》
1971　Nemesis《复仇女神》
1976　Sleeping Murder《沉睡谋杀案》
1979　Miss Marple's Final Cases《马普尔小姐最后的案件》

其他系列及非系列

1922　The Secret Adversary《暗藏杀机》
1924　The Man in the Brown Suit《褐衣男子》
1925　The Secret of Chimneys《烟囱别墅之谜》
1929　Partners in Crime《犯罪团伙》
1929　The Seven Dials Mystery《七面钟之谜》
1930　The Mysterious Mr. Quin《神秘的奎因先生》
1931　The Sittaford Mystery《斯塔福特疑案》
1933　The Witness for the Prosecution and Other Stories《控方证人》
1934　Why Didn't They Ask Evans?《悬崖上的谋杀》

阿加莎·克里斯蒂 侦探作品年表

1934	The Listerdale Mystery 《金色的机遇》
1934	Parker Pyne Investigates 《惊险的浪漫》
1939	Murder Is Easy 《逆我者亡》
1939	And Then There Were None 《无人生还》
1941	N or M? 《桑苏西来客》
1944	Towards Zero 《零点》
1945	Sparkling Cyanide 《闪光的氰化物》
1945	Death Comes as the End 《死亡终局》
1949	Crooked House 《怪屋》
1950	Three Blind Mice and Other Stories 《三只瞎老鼠》
1951	They Came to Baghdad 《他们来到巴格达》
1954	Destination Unknown 《地狱之旅》
1958	Ordeal by Innocence 《奉命谋杀》
1961	The Pale Horse 《灰马酒店》
1967	Endless Night 《长夜》
1968	By the Pricking of My Thumbs 《煦阳岭的疑云》
1970	Passenger to Frankfurt 《天涯过客》
1973	Postern of Fate 《命运之门》
1991	Problem at Pollensa Bay 《神秘的第三者》
1997	While the Light Lasts 《灯火阑珊》

出版前言

纵观世界侦探文学一百七十余年的历史，如果说有谁已经超脱了这一类型文学的类型化束缚，恐怕我们只能想起两个名字——一个是虚构的人物歇洛克·福尔摩斯，而另一个便是真实的作家阿加莎·克里斯蒂。

阿加莎·克里斯蒂以她个人独特的魅力创造着侦探文学史上无数的传奇：她的创作生涯长达五十余年，一生撰写了八十余部侦探小说；她开创了侦探小说史上最著名的"黄金时代"；她让阅读从贵族走入家庭，渗透到每个人的生活中；她的作品被翻译成一百多种文字，畅销全球一百五十余个国家，作品销量与《圣经》《莎士比亚戏剧集》同列世界畅销书前三名；她的《罗杰疑案》《无人生还》《东方快车谋杀案》《尼罗河上的惨案》都是侦探小说史上的经典；她是侦探小说女王，因在侦探小说领域的独特贡献而被册封为爵士；她是侦探小说的符号和象征。她本身就是传奇。沏一杯红茶，配一张躺椅，在暖暖的阳光下读阿加莎的小说是一种生活方式，是惬意的享受，也是一种态度。

午夜文库成立之初就试图引进阿加莎的作品，但几次都与版权擦肩而过。随着午夜文库的专业化和影响力日益增强，阿加莎·克里斯蒂的版权继承人和哈珀柯林斯出版公司主动要求将版权独家授予新星出版社，并将阿加莎系列侦探小说并入午夜文库。这是对我们长期以来执着于侦探小说出版的褒奖，是对我们的信任与鼓励，更是一种压力和责任。

新版阿加莎·克里斯蒂作品由专业的侦探小说翻译家以最权威的英文版本为底本，全新翻译，并加入双语作品年表和阿加莎·克里斯蒂家族独家授权的照片、手稿等资料，力求全景展现"侦探女王"的风采与魅力。使读者不仅欣赏到作家的巧妙构思、离奇桥段和睿智语言，而且能体味到浓郁的英伦风情。

阿加莎作品的出版是一项系统工程，规模庞大，我们将努力使之臻于完美。或存在疏漏之处，欢迎方家指正。

新星出版社

午夜文库编辑部

Agatha Christie

Over the next few years, we plan to celebrate two very important Agatha Christie anniversaries. In 2015, it is the 125th anniversary of her birth in Torquay, South Devon, England, and in 2020 it will be 100 years after her first book, THE MYSTERIOUS AFFAIR AT STYLES, featuring her famous detective, Hercule Poirot, was published. This is therefore a very appropriate moment to publish a new edition of her works, and I am delighted that HarperCollins has chosen to work with New Star on these new editions. New Star is China's top crime publisher, and has a strong and dedicated editorial staff and a confirmed passion for Agatha Christie, making them the ideal partner. It is the right time to make these classic books available in modern translations and so to bring Agatha Christie's books anew to her many fans in China, giving them a new reason to re-read these much-loved stories, as well as introducing them to a whole new audience. How delighted Agatha Christie would have been that her stories (as she called them) are still giving so much pleasure to so many people all over the world!

I think there are two very remarkable things about Agatha Christie's stories. The first is that they are so adaptable. It doesn't really matter which language they appear in, the stories and the plots still give the same thrill, still provide the same puzzles, and the characters still have the same attraction. Readers in China will I am sure enjoy Hercule Poirot and Miss Marple just as much as we do in England, and readers in China will still be transfixed by the surprises and horrors of AND THEN THERE WERE NONE, one of the great classics of 20th century detective fiction, as we are here.

Agatha Christie

The second is that the stories give a wonderful picture of England, particularly rural England, at the time Agatha Christie lived. She wrote books from 1920 until 1970 but it is sometimes hard to tell which part of her life each book was written in. Her characters and the life they lived were very much the same. The life we all live is changing very quickly these days but the Agatha Christie world stays the same. Perhaps the Miss Marple stories provide the best example of this, and in some ways, THE BODY IN THE LIBRARY and NEMESIS are quite similar, despite the fact that thirty years elapsed between the time they were written.

Perhaps I might end by mentioning three Agatha Christies (other than the ones mentioned above) which I think demonstrate why she is so popular, even in the twenty-first century. The first is MURDER ON THE ORIENT EXPRESS, one of the most famous with one of the most ingenious and human plots. Read this on one of your long train journeys in China! Next is A MURDER IS ANNOUNCED, a Miss Marple which was her 50th book. It has my favourite murderer in it! And last is ENDLESS NIGHT a story about evil and how it affects three young people, written at the time when I knew her best, and understood how deeply she cared and sympathised with young people and the world they lived in.

Whichever are your favourites I hope you enjoy these stories that New Star are introducing to you again. I think it is a great publishing event.

Mathew *[signature]*
Grandson of Agatha Christie
Chairman of Agatha Christie Ltd

致中国读者
(午夜文库版阿加莎·克里斯蒂作品集序)

在未来的几年中,我们将要筹备两个非常重要的关于阿加莎·克里斯蒂的纪念日。二〇一五年是她的一百二十五岁生日——她于一八九〇年出生于英国的托基市;二〇二〇年则是她的处女作《斯泰尔斯庄园奇案》问世一百周年的日子,她笔下最著名的侦探赫尔克里·波洛就是在这本书中首次登场。因此,新星出版社为中国读者们推出全新版本的克里斯蒂作品正是恰逢其时,而且我很高兴哈珀柯林斯选择了新星来出版这一全新版本。新星出版社是中国最好的侦探小说出版机构,拥有强大而且专业的编辑团队,并且对阿加莎·克里斯蒂的作品极有热情,这使得他们成为我们最理想的合作伙伴。如今正是一个良机,可以将这些经典作品重新翻译为更现代、更权威的版本,带给她的中国书迷,让大家有理由重温这些备受喜爱的故事,同时也可以将它们介绍给新的读者。如果阿加莎·克里斯蒂知道她的小故事们(她这样称呼自己的这些作品)仍然能给世界上这么多人带来如此巨大的阅读享受,该有多么高兴啊!

我认为阿加莎·克里斯蒂的作品有两个非常重要的特征。首先它们是非常易于理解的。无论以哪种语言呈现,故事和情节都同样惊险刺激,呈现给读者的谜团都同样精彩,而书中人物的魅力也丝毫不受影响。我完全可以肯定,中国的读者能够像我们英国人一样充分享受赫尔克里·波洛和马普尔小姐带来的乐趣;中国读者也会和我们一样，读到二十世纪最伟大的侦探经典作品——比如《无人生还》——的时候，被震惊和恐惧牢牢钉在原地。

第二个特征是这些故事给我们展开了一幅英格兰的精彩画卷，特别是阿加莎·克里斯蒂那个年代的英国乡村。她的作品写于二十世纪二十年代至七十年代间，不过有时候很难说清楚每一本书是在她人生中的哪一段日子里写下的。她笔下的人物，以及他们的生活，多多少少都有些相似。如今，我们的生活瞬息万变，但"阿加莎·克里斯蒂的世界"依旧永恒。也许马普尔小姐的故事提供了最好的范例：《藏书室女尸之谜》与《复仇女神》看起来颇为相似，但实际上它们的创作年代竟然相差了三十年。

最后，我想提三本书，在我心目中（除了上面提过的几本之外）这几本最能说明克里斯蒂为什么能够一直受到大家的喜爱。首先是《东方快车谋杀案》，最著名，也是最机智巧妙、最有人性的一本。当你在中国乘火车长途旅行时，不妨拿出来读读吧！第二本是《谋杀启事》，一个马普尔小姐系列的故事，也是克里斯蒂的第五十本著作。这本书里的诡计是我个人最喜欢的。最后是《长夜》，一个关于邪恶如何影响三个年轻人生活的故事。这本书的写作时间正是我最了解她的时候。我能体会到她对年轻人以及他们生活的世界关心至深。

现在新星出版社重新将这些故事奉献给了读者。无论你最爱的是哪一本，我都希望你能感受到这份快乐。我相信这是出版界的一件盛事。

阿加莎·克里斯蒂外孙
阿加莎·克里斯蒂有限责任公司董事长
马修·普理查德
二〇一三年二月二十日

阿加莎·克里斯蒂侦探小说全集 ⑫

人性记录
Lord Edgware Dies

[英] 阿加莎·克里斯蒂 著
简华凌 译

新星出版社 NEW STAR PRESS

目录

1	第一章 戏剧晚会
11	第二章 晚餐会
21	第三章 有金牙的男人
31	第四章 面谈
41	第五章 谋杀
50	第六章 寡妇
60	第七章 秘书
70	第八章 几种可能性
76	第九章 第二起命案
84	第十章 珍妮·德赖弗
94	第十一章 自我主义者
102	第十二章 女儿
110	第十三章 侄儿
119	第十四章 五个问题
129	第十五章 蒙塔古·康纳爵士
136	第十六章 讨论
141	第十七章 管家
149	第十八章 另一个人

目 录

- 159 第十九章 贵妇
- 165 第二十章 出租车司机
- 172 第二十一章 罗纳德的说法
- 179 第二十二章 赫尔克里·波洛的奇怪举动
- 188 第二十三章 那封信
- 199 第二十四章 来自巴黎的消息
- 205 第二十五章 午餐会
- 212 第二十六章 巴黎？
- 219 第二十七章 关于夹鼻眼镜
- 227 第二十八章 波洛的问题
- 233 第二十九章 波洛分析案情
- 243 第三十章 案发经过
- 249 第三十一章 一篇人性的记录

献给坎贝尔·汤普森博士及夫人

第一章 戏剧晚会

公众的记忆总是短暂的。埃奇韦尔男爵四世，也就是乔治·阿尔弗莱德·圣·文森特·马什被谋杀一事曾经带来的兴趣和激动已经成为过去，不再被忆及，更新的喧嚣很快取而代之。

我的朋友赫尔克里·波洛从未在关于这件案子的公开讨论中被提及。我必须指出，这一点完全是出于对他本人意愿的尊重。他不想在这种情形下抛头露面。功劳自然是归了别人，不过这也正合他意。此外，从他个人的独特观点来看，这件案子应该是他失败的纪录之一。他发誓说，完全是在街头听到一个陌生人的随口空谈，他才意外发现了正确线索的。

尽管如此，正是由于他的天才，案件才得以真相大白。如果没有赫尔克里·波洛，我很怀疑罪犯的手法能否被最终证明。

因此，我觉得现在已经到了将自己所知道的关于这件案子的一切都白纸黑字地记录下来的时候了。我完全知道整件事情的来龙去脉。而且，需要说明的是，我这样做将会满足一名异常迷人的女士的心愿。

我常常想起那天，我这位不算高的朋友在他紧凑整洁的客厅里，一边在那块狭长的地毯上来回踱步，一边以巧妙而吸引人的方式讲述案件经过。那么，我也准备从他这段叙述的开端展开我的故事——那是去年六月，发生于伦敦的一家戏院。

那时，卡洛塔·亚当斯正风靡伦敦。之前一年，她曾出演过几个日场，而且获得了巨大成功。今年开始，她已经连续担纲三个星期的演出，那晚也是当季演出的倒数第二个夜场。

卡洛塔·亚当斯是一位美国姑娘，在独角戏的演绎方面有令人惊叹的天分，完全不受化妆和布景局限。她似乎可以流利使用任何语言。她的那出《外国旅店的一夜》实在是妙不可言。戏中，她依次扮演美国游客、德国旅行者、英国中产阶级一家、几名身份可疑的女士、几近赤贫的俄罗斯贵族，以及心生倦怠却不失礼数的侍者，个个栩栩如生。

她的表演时而悲戚时而欢欣，过渡毫无痕迹：医院中奄奄一息的捷克斯洛伐克女人令人哽咽，一分钟之后出现的那个一边残害病人，一边与那些无辜家伙亲切聊天的牙医又让人前仰后合。

卡洛塔·亚当斯的节目总是以一个她称作"人物模仿"的段落收尾。

和之前一样，她再次奉献出令人惊艳的表演。无须任何化妆，她的五官似乎忽然凭空消散，然后重组成某个或者是有名政客或者是众所周知的女演员、又或者是某个社交名媛的相貌。她会为每个人物配上一段简短但具有代表性的发言。这些讲话也相当犀利，几乎能一一击中被她选中对象的要害之处。

她最后演出的人物之一是简·威尔金森——一位当时在伦敦非常出名的、颇具天分的美国年轻女演员。这段表演确实非常精妙。虽然明知从她口中发出的是些空洞至极的说辞，但这些说辞被某种有力的情绪所包裹，听者似乎还是感觉到了每个词的深远和触及本源的意义。她的发音精准，有一种低沉沙哑的调子，着实令人陶醉。她的动作并不夸张，但是奇怪地令人印象深刻；身体微微摇曳，却能给人一种强烈的形体美感——我真是无法想象她是如何做到这一点的。

我一直是美丽的简·威尔金森的仰慕者。她情绪强烈的演出令我折服。面对那些承认她的美丽，但是不认为她是一名好演员的人，我总是强调她的表现能力相当强。

当晚，我听到了那个曾打动过我无数次的略带沙哑的声音，众所周知带有宿命论的感觉，完全可以称得上有些神秘；看到她缓慢张合的手展现的凄美姿态，以及猛然向后仰头、秀发随之划过脸庞的瞬间，我才意识到，这正是她经常用来结束戏剧性一幕时的动作。

很多女演员会在结婚之后离开一段时间，过几年又重返舞台，简·威尔金森也是其中之一。

三年前，她嫁给了富有但是略有些怪异的埃奇韦尔男爵。传言说，婚后没多久，她就离开了他。总之，在结婚后的第十八个月，她就开始在美国拍电影了，她甚至回到伦敦，在一出非常成功的戏剧中露面。

看着卡洛塔·亚当斯聪明但是可能略带恶意的模仿，我不免想到，那些被选作模仿对象的人会怎么看这些表演？他们会对这种恶搞——即使是一定程度的宣传——感到高兴吗？或者说，他们会对这种表演感到不快吗？毕竟这是对他们赖以成名的小技巧的刻意揭示。卡洛塔·亚当斯难道不是在向她的对手示威："哦，这是个老把戏了，太简单了。我来示范一下是怎么做的。"

我想，如果我是被模仿的对象，我会非常不高兴。当然，我应该会掩饰自己的不开心，不过肯定不会喜欢这种事。只有那种有极其博大胸怀和独特幽默感的人才会赞赏这种无情的揭露。

正当我想到这一点的时候，身后就传来了那种令人愉悦的沙哑笑声，和舞台上的表演遥相呼应。我赶紧回头。在我正后方的座位上，嘴唇微张、身体前倾的正是台上模仿表演的真身——埃奇韦尔男爵夫人，或者以更为人熟知的名字来称呼，简·威尔金森。

我瞬间意识到自己的推断完全错误。她身体微微前倾，嘴唇像是合不拢似的，眼中充满了喜悦和兴奋。

随着"人物模仿"的结束，她用力地鼓掌，大笑着转向她的同伴，一名身材高大、外貌英俊如希腊神祇一般的男人。我认出了这个在银幕上比在舞台上更有名的人。他叫布赖恩·马丁，当下最红的电影明星。他和简·威尔金森已经合作了好几部电影。

"她太棒了，不是吗？"埃奇韦尔男爵夫人说。

他也在大笑。

"简，你太激动了。"

"是啊，她真的是太厉害了。比我想象得还要好很多。"

我没听清布赖恩·马丁的回应，他引起简·威尔金森的再次大笑。

卡洛塔·亚当斯又开始了新的即兴演出。

在这之后发生的事情，我一直认为是非常奇怪的巧合。

看完表演之后，我和波洛去萨伏依酒店吃晚饭。

坐在我们邻桌的是埃奇韦尔男爵夫人、布赖恩·马丁，以及另外两个我不认识的人。我把他们指给波洛看。与此同时，又有一对男女走过来坐在了他们的邻桌。其中那名女士的面容我觉得很熟悉，但奇怪的是，我没办法马上想起她是谁。

接着我忽然发现，我盯着看的正是卡洛塔·亚当斯本人！旁边那位男士我不认识。他穿着考究，神情看起来很高兴，但是又有些茫然，总之不是我喜欢的类型。

卡洛塔·亚当斯穿着非常不显眼的黑色服装。她的面孔也不是那种会引起关注或者被马上认出的类型,然而五官灵活敏感,正好适合于模仿艺术。这张脸可以很轻松地变成一个外国人,本身却没有什么清晰易辨的特征。

我向波洛讲述了自己的想法。他听得很认真,椭圆的脑袋微微倾向一侧,锐利的目光投向了我正在描述的那两桌人。

"所以说,那就是埃奇韦尔男爵夫人?对,我想起来了——我看过她的戏。她确实非常漂亮。"

"也是非常好的演员。"

"有可能。"

"你看起来并不同意。"

"我认为这取决于设定,我的朋友。如果她是整部戏的中心,如果一切都是围绕她的——那么,她可以演好她的那部分。我怀疑她能否演好一个小角色,甚至是那种被认为极具性格的角色。整出戏必须是为她而作,完全是写给她的。在我看来,她是那种只对自己有兴趣的女人。"他停了停,然后有些出人意料地补充了一句,"这样的人,一生都处在极大的危险当中。"

"危险?"我有些惊讶。

"我知道,我用了一个让你意外的词,我的朋友。是的,危险。是这样,你想想吧,一个这样的女人只会看到一样东西——她自己。这种女人完全看不到她们身边的危险和危机——人生中数不清的利益冲突和错综复杂的关系。不,她们只会看到自己前进的道路。所以说,这样下去迟早只有一个结果,那就是灭顶之灾。"

我对他的说法很感兴趣。我得承认,我自己绝对不会有这样的见解。

"那另一个人呢?"我问道。

"亚当斯小姐?"

他的目光扫向了那一桌。

"那么,"他笑起来了,"你想听点什么呢?"

"你想到什么就说什么。"

"亲爱的,难道我今晚变成了看人手相,讨论性格的算命先生?"

"你可比他们中的绝大多数强多了。"我回道。

"你对我还真是有信心,黑斯廷斯。我很感动。难道你不知道?我的朋友,我们每一个人都是阴暗的谜团,一个包括了自相矛盾的激情、欲望,以及态度的迷宫。当然是这样,都是真的。每个人都会做出自己的判断——但是十次有九次都是错的。"

"赫尔克里·波洛不会犯错。"我笑着说。

"即使是赫尔克里·波洛!哦,我很清楚,你一直觉得我很自负,但是事实上,我可以向你保证,我其实是个非常谦卑的人。"

我笑出了声。

"你——谦卑?!"

"真是这样。除了——这个我得承认——我对自己的胡子是有些自豪的。在伦敦,我可没有见过可以与它相提并论的。"

"这一点上你是相当安全的。"我假装严肃地说,"在伦敦再也找不到你这样的胡子。所以你是不打算大胆评价一下卡洛塔·亚当斯了?"

"她是一名艺人!"波洛简明扼要地说,"这差不多概括了一切,是不是?"

"不管怎么说,你不认为她的一生也是在危险当中?"

"我们大家都是如此,我的朋友。"波洛严肃起来了,"不幸总在等待机会冲向我们。不过就你的问题来说，亚当斯小姐，我想，会成功的。她很聪明，而且远远不止如此。你肯定发现她是犹太人了吧？"

这个我倒是没有。不过既然被他提醒，我看到了一些闪米特人①的痕迹。波洛点了点头。

"这就注定她会成功。不过这还是一条充满危险的路——既然我们正说到危险。"

"你的意思是？"

"对金钱的热爱。热爱金钱会让这样的人离开谨小慎微之路。"

"我们所有人不都是这样吗？"我说。

"这也是真的。但是你，或者我，多少能看到这其中的危险。我们会权衡利弊。如果你对钱看得太重，你就只会看到钱了，其他都在阴影当中。"

我被他的严肃态度逗笑了。

"埃斯梅拉达，吉卜赛女王，你终于显身了。"我开玩笑地说。

"性格心理学是很有趣的。"波洛不为所动，"一个人不可能对犯罪有兴趣而对心理学没有兴趣。不是杀戮这种行为，而是它背后的东西吸引着专家。你明白我的意思吗，黑斯廷斯？"

我告诉他，我完全明白他的意思。

"我注意到，当我们一起办案的时候，你总是催促我行动起来，黑斯廷斯。你希望我去丈量脚印、分析烟灰、趴到地上去检视细节。你从没有认识到，躺在扶手椅里闭上眼其实可以让我们更容易解决任何问题。我们在这个时候才是用心灵的眼睛来观

---

①闪米特人，又称闪族人或闪姆人，是起源于阿拉伯半岛和叙利亚沙漠的游牧民族，今天生活在西亚北非的大部分居民就是阿拉伯化的闪米特人后裔。

察。"

"我做不到。"我说,"当我躺在扶手椅里闭上眼,一定会发生一件事,也只会发生这一件事。"

"我注意到了,"波洛说,"这很奇怪。在这种时刻,大脑应该是激烈活动的,而不是陷入慵懒的状态。大脑的活动如此有趣,如此刺激。对小小灰色脑细胞的使用是一种心理上的乐趣。它们,也只有它们可以被信赖,带领我们穿透遮掩真相的迷雾……"

我得承认我已经习惯在波洛提及他的灰色脑细胞时转移注意力了。这个论调我已经听过太多次了。

这一次我的注意力来到了邻桌的四人身上。在波洛的独白接近尾声时,我笑着说:"你还是备受关注,波洛。美丽的埃奇韦尔男爵夫人几乎没办法把目光从你身上挪开。"

"毫无疑问,有人告诉了她我是谁。"波洛说,试着摆出淡定的样子,但是没有成功。

"我觉得是因为著名的胡子。"我说,"她为它的美丽而倾倒。"

波洛偷偷捋了一下胡子。

"它确实是独特的,"他承认,"哦,我的朋友,你的那撮你自称为'牙刷'的胡子,简直恐怖,是对造物主恩泽的暴行,是有意的玷污。剃掉吧,我的朋友,求你了。"

"天哪,"我没理会波洛的恳求,"男爵夫人站起来了。我想她是要和我们说话。布赖恩·马丁正在反对,不过她不会听他的。"

一点儿不错。简·威尔金森猛然离开她的座位,走向我们的桌子。波洛站起来鞠躬致意,我也站了起来。

"赫尔克里·波洛先生，对吗？"她用温柔而略带沙哑的声音问道。

"愿为您效劳。"

"波洛先生，我想和你谈谈，我必须和你谈谈。"

"当然可以，女士，你要坐下吗？"

"不，不，不在这儿。我想私下和你说。我们到楼上我的套间去。"

布赖恩·马丁站到了她身边，略带自嘲地笑着说话了。

"稍等一会儿吧，简。我们才吃到一半，波洛先生也一样。"

但是简·威尔金森不会那么容易改变主意的。

"怎么，布赖恩，这有什么关系？可以让他们把晚餐送到套间里去，跟他们说说，好吗？还有，布赖恩——"

她转身过去追上他，看起来在催促他做什么事情。他好像不太愿意，我是这么看的。他摇摇头，皱起了眉头。不过她更加坚决地说了几句，最终他耸耸肩，让步了。

在与他说话的时候，她看了一两次卡洛塔·亚当斯坐的那一桌，我猜她要说的事情也许和这位美国姑娘有什么关系。

她的目的达到了，简走了回来，容光焕发。

"我们现在就上去。"她说着对我笑笑，示意我也加入他们。

我会不会同意她的计划似乎根本不在考虑之列。她毫无歉意地拉着我们走了。

"今晚能够看到你真是太好运了，波洛先生。"她带着我们走向电梯时说道，"事事都顺心还真是太棒了。我正在苦思冥想到底该怎么做，一抬头就看到你坐在隔壁那桌。我对自己说：'波洛先生会告诉我应该怎么做。'"

她抽空对电梯侍者说："三楼。"

"希望我能帮到你——"波洛开口说话了。

"我肯定你可以。我一直听说你是有史以来最了不起的人。如果说有人能帮我走出现在的困境，我想这个人就是你了。"

我们在三楼下了电梯，她带着我们走进长廊，停在一扇门前，接着走进了萨伏依酒店最豪华的套间之一。

她把白色披肩丢到椅子上，镶嵌着珠宝的手袋放到桌上，径直坐到另一把椅子上，大声说："波洛先生，不管怎样，我必须摆脱我的丈夫。"

第二章 晚餐会

波洛大吃一惊,片刻之后才恢复常态。

"不过,夫人,"波洛眨着眼说,"帮人摆脱丈夫并不是我的专长。"

"当然,这个我是知道的。"

"你需要的是一名律师。"

"这就是你们没有搞清的地方了。我对律师可是厌烦透了。我用过正直的律师,也见过一些不老实的律师,没有一个能帮上我的忙。律师只知道法律,他们似乎没有什么常识。"

"所以你觉得我是有常识的?"

她笑了起来。

"我一直听说你有着猫的胡须,波洛先生。"

"听说?有猫的胡须?我不是很明白。"

"怎么说呢——反正你就是那个人。"

"夫人,我可能有,也可能没有头脑——事实上我是有的——何必假装呢?但是你这件事情,不是我的专业。"

"我不明白为什么不是。我的事情也是一个问题啊。"

"哦!一个问题!"

"而且是个难题。"简·威尔金森接着说道,"我得说,你不会是一个畏惧困难的人。"

"先让我对你的洞察力表示赞赏,夫人。但是不管怎么样,我个人不会做离婚调查。这并不光彩——我是说这种活儿。"

"亲爱的先生,我又不是让你做间谍。这也没什么好处。我只是必须摆脱他,我相信你可以告诉我应该怎么做。"

波洛沉默了一会儿才回答,当他开口说话时,声音里又带上了一种新的腔调。

"那么夫人,先告诉我,你为什么这么急于'摆脱'埃奇韦尔男爵?"

她斩钉截铁地回答,毫无迟疑,迅速而坚定。

"为什么?当然是我要嫁给别人了。还会有什么别的原因?"

她大大的蓝眼睛一派天真地睁开。

"但是离婚也很简单吧?"

"你是不知道我的丈夫,波洛先生,他是——他是——"说到这儿,她打了一个寒战,"我不知道该怎么解释,他是个怪人——他和其他人不一样。"

她停了一会儿又继续说。

"他就不应该结婚——不该和任何人结婚。我知道我在说什么。我没办法形容他,他就是一个——怪人。他的第一任妻子,你知道的,跑掉了,只留下一个三个月大的孩子。他从未和她离婚,直到她在海外凄凉地死去。然后他娶了我。但是——我没办法忍受了。我很害怕。我离开他去了美国。我没有离婚的理由,就算我给了他一个理由,他也不会理会。他是——一个执迷不悟的人。"

"在美国有几个州是可以由你提出离婚的,夫人。"

"这对我没用——以后我是要住在英国的。"

"你希望住在英国?"

"是的。"

"你要和谁结婚?"

"就是因为这个。是默顿公爵。"

我猛地倒吸了一口气。默顿公爵到目前为止都让那些努力撮合姻缘的母亲们感到绝望。他是一名有着僧侣气质的年轻人,狂热的英国国教徒,据说完全受他母亲,一名可怕的孀居公爵夫人的控制。他的生活极度朴素。他搜集中国瓷器,传说品位相当不俗。但是大家都觉得他对女人并没有什么兴趣。

"我真是为他着迷了,"简深情地说,"他和我遇到的其他人都不一样。默顿堡也非常奇妙。整件事是世上最浪漫的。他又是那样英俊——像一位梦幻般的僧侣。"

她停了停。

"我们结婚后,我就会放弃演艺生涯。我似乎对舞台不再有兴趣了。"

"从另一方面说,"波洛平静地开口了,"埃奇韦尔男爵是实现这些美梦的绊脚石。"

"是的——这让我很苦恼。"她若有所思地靠回椅子上,"当然,如果我们是在芝加哥,倒是可以挺容易就解决掉他,但是在这儿找个枪手好像不太可能。"

"在这儿,"波洛笑着说道,"我们还是觉得每个人都有权利活下去。"

"也许吧,这个我说不好。我猜如果少些政客的话大家能过得更好。就我对埃奇韦尔的了解,我觉得少了他大家也没什么损失,反倒有些好处。"

有人敲门,一名侍者送来了晚餐。简·威尔金森继续说着她的问题,好像根本没有注意到他的存在。

"但是我可不是让你去帮我杀了他，波洛先生。"

"感谢您，夫人。"

"我想或许你能用什么聪明的方法劝劝他。让他接受离婚这个想法。我想你一定能行。"

"我猜你高估了我的说服能力，夫人。"

"哦！你一定能想出点什么，波洛先生。"她身体向前倾了一点，蓝色的眼睛再次睁大，"你希望我快乐，不是吗？"

她的声音温柔低沉，充满了诱惑。

"我当然希望每个人都快乐。"波洛谨慎地说。

"是的，但我不是在说所有人，我想的只是我而已。"

"我敢说你总是这样。"他笑道。

"你觉得我很自私？"

"哦，我可没这么说，夫人。"

"我敢说我是的。但是，你瞧，我也确实不想不开心。这甚至会影响我的表演。除非他同意离婚，或者干脆死掉，否则我会永远这样不开心下去。"

"总之，"她又摆出若有所思的样子，"如果他死了，事情会好很多，我的意思是，我会觉得更彻底地挣脱了他。"

她看着波洛，好像在要求一些同情。

"你一定会帮我的，是吗？波洛先生？"她站起身，拿起白披肩，乞求地看着他的脸。我听到了走廊上传来的声音。门微微打开。"如果你不——"她继续说着。

"如果我不怎样，夫人？"

她笑起来了。

"我会叫辆出租车过去，自己动手把他杀了。"

她大笑着穿过房门去了隔壁房间，布赖恩·马丁正好带着那个美国姑娘卡洛塔·亚当斯、她的同伴,还有与他和简·威尔金森同桌的另两个人走了进来。他们是威德伯恩夫妇。

"你们好!"布赖恩说道,"简在哪儿?我想告诉她我已经顺利完成她交给我的任务了。"

简出现在卧室门口,手里拿着一支口红。

"你找到她了?太棒了。亚当斯小姐,我非常喜欢你的表演。我觉得我非得认识你不可。过来这边和我说会儿话吧,我还得补补妆。我看起来太吓人了。"

卡洛塔·亚当斯接受了邀请,布赖恩·马丁重重地瘫在了椅子里。

"那么,波洛先生,"他说,"你也让她抓到了。我们的简说服你为她而战了吗?你还是早点答应算了,她根本不知道'不'是什么意思。"

"可能是她还没遇到过吧。"

"非常有趣的人,我是说简。"布赖恩·马丁说。他靠在椅背上无聊地向天花板吐着烟圈。"禁忌对她来说没有意义,更谈不上什么道德。我不是说她不道德——她倒不至于这样。非道德,应该这么说才对。简的生活里只能看到一件事——她想要什么。"

他大笑起来。

"我想她会开开心心地杀掉什么人——如果你抓到她,而且想因为这件事处决她,她倒会觉得她才是被伤害的那个人。事情的麻烦之处在于,她一定会被抓住。她没什么脑子。她对谋杀的理解就是坐上出租车,报上自己的名字,到达目的地,然后开枪。"

"我不太明白为什么你会这么说。"波洛低声说。

"呃?"

"你和她很熟吗,先生?"

"我可以说曾经很了解她。"

他再次大笑起来,我忽然发现他的笑声里有些不寻常的苦涩。

"你们都同意吧,是不是?"他忽然转向别人问道。

"哦,简是个利己主义者。"威德伯恩太太表示赞成,"女演员必须是这样吧,我觉得。我是说,如果她希望表现出个性。"

波洛没有说话。他的目光停留在布赖恩·马丁的脸上,用一种我不太明白的好奇而带有疑惑的表情观察他。

正在这时,简从隔壁房间踱了过来,卡洛塔·亚当斯跟在后面。我琢磨着简已经"补完妆"了,管它到底什么意思,总之她自己是满意了。在我看来她的脸还是那样,完全看不出有什么不同。

之后的晚餐会相当快乐,不过我有时还是感到有种陌生的暗流涌动。

我觉得简·威尔金森倒是没有任何复杂的地方,显然是一名年轻的女性,一次只关心一件事。她希望和波洛面谈,然后马上行动,毫不拖延地达到目的。现在她明显兴致很高,我想她邀请卡洛塔·亚当斯来参加聚会应该也只是一时兴起。她就像个孩子,因为被人巧妙地模仿而感到极度高兴。

不,我觉察到的暗流和简·威尔金森没有任何关系。那到底来自哪儿?

我依次观察在座的宾客。布赖恩·马丁?他的表现相当不自然。不过,我对自己说,可能只是电影明星的一点点特征而已。一个爱慕虚荣的人过于习惯表演,而无法轻易放弃的夸张姿态。

卡洛塔·亚当斯,不管从哪个层面看都足够自然。她是个安静的姑娘,声音低沉、令人愉悦。我之前就观察过她,现在更有机会近距离完成研究。她有一种——我想说的是,迷人的气质,但是这种气质有些消极的东西。这种消极的感觉倒是和她不刺耳不粗哑的声音很搭。她看起来是那种百依百顺的人。她的外表就是消极的,软软的深色头发,眼睛淡蓝,近乎无色,苍白的脸,再加上灵活敏感的嘴。这是一种你会喜欢,但是如果换了一身衣服再次碰到时,又很难认出来的长相。

她看起来对简自若的风度和奉承的话语感到高兴。我想,任何姑娘都会这样吧——接着,就在那一刹那——发生了一件事,让我马上修正了这种相当草率的观感。

卡洛塔·亚当斯看了看桌子对面正在偏头和波洛说话的女主人。她的目光里有一种奇怪的、像是在追究什么的成分——看起来像是在总结什么。与此同时,我忽然发现在那双淡蓝色眼睛里似乎有一种非常深刻的敌意。

羡慕,有可能。也许只是职业上的嫉妒。简是成功的演员,绝对达到了事业的巅峰。卡洛塔还只是在往上爬。

我看着晚宴上的其他三个人。威德伯恩先生和太太,应该怎么说?威德伯恩是一个枯槁的高个男人;而威德伯恩太太矮胖,能言,热情。他们看起来是那种对一切与舞台有关系的事物都有兴趣的有钱人。事实上,他们似乎不愿意谈论任何其他话题。由于我最近离开过英国一段时间,他们好像觉得我已经令人悲伤地落后于时代了,威德伯恩太太最后干脆转过身去,不再关心我的存在。

晚宴上的最后一个人是卡洛塔·亚当斯的男伴,圆脸、深肤色,是个看上去很讨喜的年轻人。我一开始有些疑心,觉得他似乎有些醉了。随着更多香槟下肚,这一点变得越来越明显。

他看起来好像是受了很深的伤害。晚宴的前半段他一直阴郁沉默地坐在那儿。直到后来他才向我吐露心声，好像是把我当作了他最老的朋友之一。

"我想说的是，"他说，"不是，不，我的老朋友，不是这样——"

我就把他语句中的含混和那些模糊的用语一起省略了。

"我想说的是，"他继续说道，"我问你啊？我的意思是，如果你带着一个姑娘——我是说——到处跑，到处搅事。不是说我说了什么不该说的话，她不是那种人，你知道的——清教徒们——五月花号——那些个事情。妈的——这姑娘挺正直的。我说的是这个——我刚才说什么来着？"

"这话很难开口。"我安慰他。

"对，去他妈的，就是这个。妈的，为了参加这个宴会，我得去找我的裁缝借钱。好人啊，我的裁缝。我欠他钱好几年了，倒成了我们之间的一种契约。没什么比得上这关系了。我把话放到这儿，老哥们儿。你和我，我和你。对了啊，你到底是哪位啊？"

"我叫黑斯廷斯。"

"可不就是吗？我可以马上发誓，你像极了一个叫斯宾塞·琼斯的哥们儿。亲爱的老斯宾塞·琼斯啊。我在伊顿和哈罗读书的时候认识他的，找他借过五英镑。我要说的是啊，一张脸可以和另一张脸长得很像——我就是这个意思。要是咱们都是中国人，那我们彼此就分辨不清了。"

他无可奈何地摇摇头，忽然振作起来，又喝了一点香槟。

"还好啊，"他说，"我不是他妈的黑鬼。"

这个念头似乎又让他兴高采烈起来，他接着说了好些开心的话。

"朋友,要往光明的一面看,"他算是恳切地说,"我的意思是,多看光明的一面。总有一天——等我大概七十五岁的时候,我就会变成有钱人了。等我叔叔死了,我就可以还钱给我的裁缝了。"

他坐在那儿,抱着这个想法开心地笑着。

这个年轻人似乎有种很奇怪的令人喜欢的特质。他的脸圆圆的,蓄着一撮可笑的黑胡子,给人一种被困在沙漠中央的感觉。

我发现卡洛塔·亚当斯一直在注意他。她朝他的方向看了一眼,然后起身离开,晚宴就此结束。

"你能上我这儿来真是太好了。"简说,"我真喜欢趁着一时高兴就做什么事,你是不是也这样?"

"不,"亚当斯小姐说,"恐怕我总是在做事之前仔细计划。这省了——麻烦。"

她的态度里有些不那么愉快的感觉。

"不管怎样,结果对你好就行了,"简笑起来,"我还从没像今晚看你的表演时那样高兴过。"

这个美国姑娘马上变得和颜悦色了。

"过奖了,"她热情地说,"你这么说我真高兴,我需要鼓励。我们都是这样。"

"卡洛塔,"留黑胡子的年轻人说,"握个手,跟简婶婶说谢谢,然后我们就走吧。"

他能集中精神径直走出门,应该算得上是个奇迹了。卡洛塔赶紧跟上他离开。

"哎哟,"简说道,"这是怎么了,跑过来就叫我简婶婶?我都没注意到他呢。"

"亲爱的,"威德伯恩太太说,"你别搭理他。他年轻时在牛津大学戏剧社倒也是个不错的孩子,现在可是看不出来了,是不是?我真不喜欢看到年轻的天才最后一事无成。不过查尔斯和我得走了。"

威德伯恩夫妇说走就走,布赖恩·马丁和他们一起离开了。

"那么,波洛先生——"

他对她笑了笑。"嗯,请讲,埃奇韦尔男爵夫人。"

"天哪,请别这么叫我。让我忘了这个称呼吧。除非你是欧洲心肠最硬的那个人。"

"不,不,不,我可不是硬心肠的人。"

我想波洛今晚也喝了不少香槟,可能是多喝了一杯。

"所以,你会去见见我丈夫?让他遂了我的心愿?"

"我会去看看他。"波洛小心地答应了。

"如果他拒绝了你——他会这样的——你一定会想到更聪明的办法。他们可都说你是英格兰最聪明的人,波洛先生。"

"夫人,说我是硬心肠的时候,你可是用了全欧洲;但是说到聪明的时候,怎么就只是英格兰了?"

"如果你把这个事情解决,我就说你是全世界最聪明的人了。"

波洛摆摆手,求她别再说了。

"夫人,我没法承诺什么。仅仅出于心理学的研究,我会找机会和你丈夫见个面。"

"尽管对他做心理分析好了,这说不定对他也有好处。但是你必须成功——为了我。我得享受我的浪漫生活。波洛先生。"

她像做梦一样接着说:"只要想想——这将是多么刺激啊。"

第三章 有金牙的男人

几天之后,我们正在一起吃早饭时,波洛把一封他刚刚拆开的信扔到我面前。

"啊,我的朋友,"他说,"你对这事儿有什么想法?"

这封短笺来自埃奇韦尔男爵,用呆板正式的用语约定在第二天十一点会面。

我必须承认我感到非常意外。我以为波洛上次只是多喝了两杯之后随口说说,没想到他真的准备行动起来兑现承诺。

波洛是个聪明人,他马上猜到我的想法,眨了几下眼睛。

"没错,我的朋友,这并不只是香槟的作用。"

"我可不是那个意思。"

"哦,没错,没错,你就是这么想的——可怜的老伙计,他吃饭时多喝了点,答应了些他不想去做的事情。但是我的朋友,赫尔克里·波洛的承诺可是神圣的。"

说到神圣这个词的时候,他摆出了非常庄重的样子。"当然,当然,我都知道,"我赶紧说,"但是我以为可能只是你的判断力有一点点——我该怎么说呢——受到了一些影响。"

"黑斯廷斯,我可是从不会让我的判断力——用你的话来说,'受到影响'。不管是最好最纯正的香槟,还是最诱人的金发美女,什么都不会影响到赫尔克里·波洛的判断力。不,我的朋友,我就是挺感兴趣的,如此而已。"

"对简·威尔金森的感情生活感兴趣?"

"也不完全是这个。她的感情问题,如你所说,只是非常平常的事情。这只是一位非常漂亮的女士在事业成功道路上的必经一步。如果默顿公爵没有爵位,或者是没有财富,他梦幻僧侣般的罗曼蒂克又怎么会吸引到男爵夫人?不,黑斯廷斯,让我有兴趣的是这件事情的心理因素。性格之间的互动。我希望有机会近距离研究一下埃奇韦尔男爵。"

"你并不指望能完成你的任务?"

"为什么不?每个人都有他的弱点。黑斯廷斯,不要妄下判断,以为我从心理学角度来研究这个案子,就不会尽全力去完成那位女士交托给我的这个任务。我总是喜欢有机会运用我的聪明才智。"

我还担心谈话又会被扯到灰色脑细胞,谢天谢地,他没说起这个。

"所以我们明天上午十一点要去摄政门?"我说。

"我们?"波洛调笑地扬了扬眉毛。

"波洛!"我大声叫起来,"你可不能把我抛下,我可是一直跟着你的。"

"如果这是犯罪事件,神秘的投毒案、暗杀之类让你激动的事情,你可以来。可这只是一次社交协调而已。"

"别废话了,"我坚决地说,"我去定了。"

波洛缓缓露出笑容。就在这个时候,有人来报说有一位绅士来访。

大大出乎我们意料,来人居然是布赖恩·马丁。

这位演员在白天显得老一些。他仍然很英俊,但是是那种颓废型的英俊。我脑中忽然闪过一个念头，他可能使用了什么毒品。他总有种神经紧张的样子，让人觉得有这个可能。

"早上好，波洛先生。"他带着愉快的态度招呼，"你和黑斯廷斯上尉早餐的时间真是刚刚合适，太让人高兴了。对了，你们是不是正忙着？"

波洛和气地笑了笑。

"不，"他说，"目前我手头还真没有什么重要的事情。"

"少来了，"布赖恩笑了起来，"苏格兰场没人来拜访？没有为皇家调查什么费神的事情？这我可不信。"

"你把小说和现实弄混了。"波洛笑着说，"我嘛，向你保证，当下是完全没活儿干的，好在也没有靠着失业救济金生活。老天保佑。"

"那好，算我运气不错，"布赖恩又笑了起来，"说不定你可以为我办些事情了。"

波洛若有所思地打量着这个年轻人。

"你是说有问题要我帮忙，对吧？"他等了一小会儿才开口。

"嗯，应该这么说。有，但是也没有。"

这次他笑得有些局促了。波洛一边继续打量着他，一边示意他坐下。年轻人走过去，面对我们坐下，因为我坐在了波洛的旁边。

"那么，现在，"波洛说，"都说出来听听。"

布赖恩·马丁似乎仍有点难以启齿的样子。

"问题是我不能把事实原原本本讲给你听。"他犹豫着，"这很难。你知道，整件事得从美国讲起。"

"美国？怎么回事？"

"一件很偶然的事情引起了我的注意。事实上，我当时正在火车上，忽然注意到一个家伙。一个长得挺丑的家伙，胡子刮得挺干净，戴眼镜，有一颗金牙。"

"哦！一颗金牙。"

"没错。这确实是整件事的关键所在。"

波洛点了好几次头。

"我开始有些明白了。你说下去。"

"嗯，我刚才说了，我开始注意这个家伙。我当时在去纽约的路上。六个月之后，我在洛杉矶又发现了这个家伙。我不知道为什么会这样，总之是又发现了他。不过，还是什么都没发生。"

"继续说。"

"在那之后一个月，我偶然去了一趟西雅图，到那儿之后不久，猜猜我看到了谁？又是这个家伙——不过这次他留了胡子。"

"还真是奇怪。"

"难道不是吗？当然，我当时没有想到这和我会有什么关系，但是我在洛杉矶再次看到这个人，这次没胡子；在芝加哥我也看到留着小胡子，但是眉毛不同的他，在一个山村又看到扮作流浪汉的他——我开始怀疑了。"

"这很自然。"

"最后——这说起来有些奇怪，但是毫无疑问的，按你们的说法，我应该是被盯梢了。"

"非常明显。"

"可不是吗？这之后我就很肯定了。不管我到哪儿，在相隔不太远的地方总能看到他以不同的伪装出现。还好有那颗金牙，我总是能认出他来。"

"哦，那颗金牙，这确实是个幸运的巧合。"

"没错。"

"恕我多问一句,马丁先生,你从来没有和那个人说过话,问问他为什么老是跟着你?"

"没有,我没问过。"那演员犹豫了一下,"有一两次我想过这么做,但是想了想又决定还是不要了。在我看来,这么做只能让他警惕起来,也查不出什么。有可能他们知道我已经发现他了,就会换一个人来跟着我——这个人我可能就认不出了。"

"对啊,换个没有装那么容易辨认的金牙的人。"

"一点都不错。我可能想得不对,但我就是这么觉得的。"

"那么,马丁先生,你刚刚说'他们',这个'他们'是什么意思?"

"就是个象征性的说法。我觉得——我不知道为什么——有个说不清楚的'他们'在幕后。"

"这么想有什么理由?"

"完全没有。"

"你的意思是,你完全不知道谁会跟踪你,也不知道对方出于什么目的?"

"一点概念都没有。至少——"

"说下去。"波洛鼓励地说道。

"我有个想法,"布赖恩·马丁慢慢地说,"不过这只是我的一点点猜测。"

"先生,猜测有时候也会非常有用。"

"这和大概两年前在伦敦发生的一起意外有关。小事情,但是很难解释,也令人难忘。我还时不时想起,而且始终搞不清原委。因为我当时完全想不出什么解释,所以觉得会不会这个盯梢事件和它有什么关系——但我完全看不出为什么有关系,又是怎么联系到一起的。"

"说不定我可以。"

"是的,但是你看——",布赖恩·马丁有些尴尬地回答,"别扭的地方在于,我不能告诉你这件事情——至少现在不行,我的意思是说。过个一两天或许我就可以说了。"

他被波洛用探究的眼神盯得有些不安,不得不继续补充了几句。

"你看,这和一位女孩有关。"

"哦,当然是这样!一位英国女孩?"

"是的,至少——你为什么这么问?"

"很简单。你现在没办法告诉我,但是你觉得过一两天就可以了。这就是说,你希望得到这位年轻女士的许可;也就是说,她就在英国。还有,当你被跟踪的那段时间,她一定是在英国,如果她是在美国,你当时就可以找到她。所以,既然她过去十八个月以来都在英国,她很有可能——虽然不是绝对——是个英国人。这段论证还不错,是吧?"

"相当不错。那么波洛先生,你现在是否能告诉我,如果我征求到她的同意,你会不会帮我调查这件事?"

接着是一段沉默。波洛似乎是在脑中斗争了一会儿。最后他开口了:"为什么你会在去问她之前先来找我?"

"呃,我是这么想的——"他犹豫了一下,"我本是想说服她来把事情弄清楚——我的意思是,请你去把事情弄清楚。其实我想说的是,如果由你来调查这件事,就不会有什么事情被公开,没这必要对吧?"

"这倒是要看情况。"波洛冷静地说。

"你的意思是?"

"如果这是刑事犯罪——"

"哦,这事和犯罪没关系。"

"你并不知道这一点。说不定有关系。"

"但是你会尽力去查,为了她——为了我们?"

"这是自然的。"

波洛沉默了一小会儿,继续说道:"告诉我,跟踪你的那个人——盯梢的家伙——他大概多大年纪?"

"哦,相当年轻。大约三十来岁吧。"

"啊哈!"波洛说,"这确实是不太寻常。是的,这让整件事情都变得更有意思了。"

我盯着他。布赖恩·马丁也这么看着他。我很肯定,他说的这句话对我们两人来说同样费解。布赖恩挑了挑眉毛,像是要问我什么。我摇了摇头。

"是的,"波洛喃喃自语,"这让整件事情都变得更有意思了。"

"他可能岁数更大一点,"布赖恩有些不确信地说,"但是我不这么认为。"

"不不,我很肯定你的观察是准确的,马丁先生。非常有趣——非常非常有趣。"

像是被波洛神秘的话语吓唬住了,布赖恩·马丁似乎不知道该说点什么或者做点什么。他开始说些无关紧要的话。

"那天的晚宴真有趣,"他说,"简·威尔金森真是这世上最专横的女人了。"

"她看事物很简单,"波洛笑着说,"一次只看一样东西。"

"她还总能达到目的,"马丁说,"大家是怎么忍下来的,我还真不知道。"

"我的朋友,面对一个漂亮女人,大家能忍下来的东西多了。"波洛眨眨眼说,"如果她鼻子扁平、黄脸、头发油腻,那么——哈哈!那她可就不能像你说的那样'总能达到目的'了。"

"我想不会的,"布赖恩也承认,"但是有时这让我很不痛快。虽然这么说,我对简还是忠心的,尽管某些方面,我得说,我觉得她有些不正常。"

"我的看法正好相反,我认为她倒是事事都抓到了重点。"

"我不是说这个,不完全是。她在维护自己的利益方面完全没问题。她的商业头脑并不差。我是说道德方面。"

"哦,道德方面。"

"她是那种所谓'非道德'的人。正确和错误对她来说都是不存在的。"

"哦,我想起你那晚也说过类似的话。"

"我们刚刚不是说起过犯罪什么的吗?"

"怎么了,我的朋友?"

"怎么说呢,如果说简犯下了什么罪,我是绝对不会感到意外的。"

"你倒是应该很了解她。"波洛若有所思地低声说,"你和她合演过不少戏了,不是吗?"

"是的。我觉得我是完全彻底了解她的。我相信她会杀人,而且是非常轻松地去做。"

"哦!她的脾气很坏,是不是?"

"不,不,一点也不。她冷静得很。我的意思是,如果有人碍到了她的事,她就会除掉他——不会有什么迟疑。而且也没人能怪她这么做——我是说道德上。她只是认为任何妨碍了简·威尔金森的人都得被除掉。"

他最后的话里有些之前从未出现过的怨恨。我猜他是想起了什么事。

波洛目不转睛地看着他。"你认为她会——谋杀？"

马丁深吸了一口气。

"我可以发誓，我就是这么觉得的。也许某天你会想起我现在说的话……我了解她，她能像喝早茶那么轻松地杀人。我是说真的，波洛先生。"

他站了起来。

"是的，"波洛冷静地说，"我看得出你是认真的。"

"我了解她，"布赖恩·马丁又说了一遍，"完完全全、彻彻底底。"

他站定皱了一会儿眉，然后换了一种口气说道："我们说的这件事，我会让你知道的，波洛先生，就这几天。你会接下吧？"

波洛看了他一会儿，没有回话。

"是的，"他最后还是开口了，"我会接下这项委托的。我觉得——挺有趣。"

他说最后几个词的时候有些奇怪。我陪布赖恩·马丁走到楼下。在门口他对我说："你知道他为什么问那个人的年纪吗？我是说，为什么这个人大概三十来岁就很有趣？我完全没明白。"

"我也不明白。"我承认。

"好像是没有意义的。可能他只是要点心机。"

"不，"我说，"波洛不是那样的人。相信我吧，既然他说了，那么这一点就是很重要的。"

"好吧，真希望我能明白过来。还好你也不知道，我最讨厌只有自己是个大笨蛋的那种感觉。"

他走开了。我又回到了波洛那儿。

"波洛，"我说道，"那个盯梢的家伙究竟多少岁有什么关系？"

"你不明白？我可怜的黑斯廷斯！"他笑着摇摇头，接着问道，"整个会面你是怎么看的？"

"好像没什么。很难说，如果我们知道得多一点——"

"即使知道得不多，难道你没有发现一些什么，我的朋友？"

电话响了起来。为了避免丢脸地承认我什么都没看出来，我拿起了话筒。

一个女人的声音，干脆利落。

"我是埃奇韦尔男爵的秘书。很遗憾埃奇韦尔男爵必须取消波洛先生明天的预约。有突发事件，他明天必须去趟巴黎。如果方便的话，今天上午十二点十五分他可以和波洛先生谈几分钟。"

我问波洛。

"当然，我的朋友，我们今天上午就去。"

我对着话筒重复了这句话。

"很好，"那边还是干脆利落公事公办的声音，"今天上午十二点十五分。"

她挂断了电话。

第四章 面谈

我和波洛以一种既愉悦又期待的心情来到了摄政门埃奇韦尔男爵的府邸。虽然我没有波洛那种对"心理研究"的热衷，埃奇韦尔男爵夫人谈起她丈夫时的寥寥数语还是引起了我的好奇。我急切地想知道自己亲眼看到他时会有什么样的判断。

男爵的府邸很气派——建筑考究，式样漂亮，只是略有些阴郁。窗台上没有花盆一类的装饰。

门立即为我们打开了。开门的并不是按照房子外观应该搭配的白发苍苍的老管家，相反，是我所见过最漂亮的年轻人之一。他身材高大，皮肤白皙，可以为雕塑家摆出赫尔墨斯或者阿波罗的姿势。虽然长相英俊，不过他说话柔声柔调，有种我不太喜欢的模模糊糊的女人气。还有一点，很奇怪的是，他让我想起了某人——某个我最近见过的人，但到底是谁就怎么也想不起来了。

我们说来见埃奇韦尔男爵。

"这边请，先生。"

他带着我们顺前厅走下去，经过楼梯，来到了大厅后方的一扇房门前。

打开门，他以同样温柔、让我本能地升起不信任感的声音通报了我们的到来。

我们被领入的像是一间书房。四壁都是图书，考究的陈设色调阴暗，但是都很漂亮；椅子看起来样式古板，估计坐上去不会很舒服。

埃奇韦尔男爵站起身迎接我们。他个子很高，约莫五十岁，深色头发夹杂着一些白色，面孔瘦削，嘴角挂着冷笑。看起来就像是脾气很糟、有些刻薄的人。他的眼神有些奇特而诡异的感觉。我觉得，在他那双眼睛里明显有很奇怪的东西。

他的态度呆板做作。

"赫尔克里·波洛先生？黑斯廷斯上尉？请坐。"

我们依言坐下。房间里冷飕飕的。一扇窗户里漏出一点光，阴暗的光线更加重了冷清的气氛。

埃奇韦尔男爵拿出一封信，我瞥到上面是波洛的笔迹。

"波洛先生，我当然是久仰大名了，谁不知道你呢？"波洛听到恭维，连忙躬身回应。"但是我不明白你在这件事情中的立场。你说，你希望见见我，代表我的，"他略停顿了一下，"内人"。

最后两个字说得有些奇怪——好像是很用力才发出这个音。

"是这样。"波洛说。

"我是听说你是一名侦探——刑事案件那种，对吗，波洛先生？"

"很多事情，埃奇韦尔男爵。当然有些是刑事案件，还有很多其他的事情。"

"没错。这次又是什么事情？"

他话中的嘲讽现在已经是呼之欲出了。但波洛没有理会它。

"我很荣幸代表埃奇韦尔男爵夫人来见你，"他说，"埃奇韦尔男爵夫人，你是知道的，希望——离婚。"

"这个我知道。"埃奇韦尔男爵冷冷地说。

"她的建议是，你可以和我谈谈这个。"

"没有什么可说的。"

"这么说，你拒绝？"

"拒绝？当然不是。"

不管波洛预先为哪些回应做好了准备，他绝对没有想到这个。我很少看到我的朋友大吃一惊，但是这次一定是这样。他的样子滑稽极了，张着嘴，伸着手，眉毛挑得很高，看起来就像是漫画书里面的卡通人物。

"你是说——"他大声说，"你是什么意思？你没有拒绝？"

"我不太明白你为什么这么惊讶，波洛先生。"

"你听我说，你愿意和夫人离婚？"

"我当然愿意。她也很清楚这一点。我写信告诉过她。"

"你写信告诉过她这一点？"

"是的。六个月之前。"

"但是这我就不明白了。我完全不明白了。"

埃奇韦尔男爵一句话也没有说。

"就我所知，你是反对离婚这个做法的。"

"我不觉得我的原则和你有什么关系，波洛先生。我确实没有和我的第一任妻子离婚。我的良心不允许我这样做。我的第二次婚姻，我必须坦率地承认，是个错误。当我的妻子建议离婚时，我一口回绝了。六个月之前她又写信向我提出这个事情。我觉得她是想再婚——某个电影演员或者是类似这样的家伙。我的观点，在那个时候，已经不同了。我写信给当时在好莱坞的她，告诉她我同意了。为什么她还要找你来见我，这就是我没法想象的事情了。我想应该是钱的问题。"

说到最后一句话时，他的嘴角又泛起了冷笑。

"太奇怪了,"波洛低声说,"这真是太奇怪了。一定是有些什么我完全没搞清的事。"

"至于钱,"埃奇韦尔男爵继续说道,"我妻子主动抛弃了我。如果她希望嫁给别的什么人,我可以放手给她自由,但是她没有任何理由从我这儿拿到一分钱,她也绝对拿不到一分钱。"

"绝对没有什么金钱上的问题。"

埃奇韦尔男爵挑了挑眉毛。

"简一定是要嫁给一个有钱人了。"他有些不屑地低声说。

"有些事情我不太明白,"波洛说。他因为苦苦思索的念头紧绷着脸。"我从埃奇韦尔男爵夫人那儿听来的意思是,她通过律师找过你很多次?"

"她是找过,"埃奇韦尔男爵冷冷地回应,"英国律师,美国律师,各种各样的律师,还有些最低等的饭桶。最后,我不是说了吗?她亲自给我写了信。"

"你之前拒绝过?"

"确实是这样。"

"但是收到她的信之后,你改了主意。为什么会改主意呢,埃奇韦尔男爵?"

"反正和那封信没有任何关系,"他警惕地说,"我的观点会忽然改变,如此而已。"

"这次的变化有些突然。"

埃奇韦尔男爵没有搭话。

"是什么特别的情况让你改了主意呢,埃奇韦尔男爵?"

"这一点就真的只是我自己的事情了,波洛先生。我不想再谈这个问题了。或者这么说吧,慢慢地我也认识到了就这么断绝这种——请恕我直言——丢人的关联是有好处的。我的第二次婚姻确实是一个错误。"

"你太太也这么说。"波洛柔声附和。

"是吗？"

那一瞬间他眼中有些奇怪的光彩，但几乎马上就消失了。

他坚决地站起来，随着我们同他道别，他的态度也变得不那么拒人千里之外了。

"请务必原谅我临时更改了会面时间。我明天必须去一趟巴黎。"

"当然，当然。"

"其实是为了一些艺术品的买卖。我看上了一件小小的雕塑。可以称得上完美——以它那种怪异的方式，或者应该这么说。不过这是我中意的那种怪异，我一直都这样，品位有些特别。"

他又露出了那种奇怪的笑容。我一直看着旁边书架上的书。里面有卡萨维诺的回忆录，还有一卷萨德伯爵的著作，另一本是关于中世纪酷刑的书。

我想起简·威尔金森在谈及她丈夫时候发抖的样子。看起来她并不是在演戏，那一定是真实的感受。我很好奇乔治·阿尔弗莱德·圣·文森特·马什，埃奇韦尔男爵四世，到底是个什么样的人。

他很和蔼地同我们道别，一边按铃叫人过来。我们走出门。希腊神像一样的管家正在客厅等着。就在我回身关上书房门的一瞬间，我瞄到了房间里。我几乎要惊叫出来。

那张和蔼的笑脸变形了。嘴唇缩了起来，表情狰狞地露出了全部牙齿，眼中燃着火苗，几乎是疯狂的怒意。

我马上明白了为什么两任太太都要离开他。我感到惊奇的是他那种钢铁般的自制力。整个会面中他始终保持着冰冷的自我控制，那种桀骜的礼貌。

正当我们走到前门时，右边的房门打开了。一个姑娘站在那个房间的门口，看到我们时往后退了一小步。

这是个身材细长的姑娘，深色头发，面容白皙。她的眼睛，幽暗又有些受到惊吓的样子，和我对望了片刻。然后，她就像是一个影子似的缩回房间，关上了门。

过了一会儿，我们已经走在了街上。波洛叫了一辆出租车，我们坐进去，他让司机开去萨伏依饭店。

"那么，黑斯廷斯，"他眨了眨眼说，"这次会面和我想的完全不一样。"

"确实完全不同。埃奇韦尔男爵真是个不一般的人。"

我跟他说了我在关上书房门之前无意看过去的事，以及我到底看到了什么。他慢慢点着头，若有所思。

"我想他已经非常接近疯狂的边缘了，黑斯廷斯。我可以想象他干过不少可怕的坏事，他僵死的外表之下隐藏着一种根深蒂固的残酷本性。"

"难怪他的两任妻子都要离开他。"

"没错。"

"波洛，我们出来的时候你注意到那个女孩没有？深色头发，脸色很白的那个。"

"是的，我注意到了，我的朋友。年轻的女士，受到了惊吓，不太开心的样子。"

他的声音有些低沉。

"你觉得她会是谁？"

"可能是他的女儿。他有个女儿。"

"她看起来确实是受到了惊吓，"我慢慢地说，"那座房子对一个年轻姑娘来说真是个阴郁的地方。"

"是啊,的确如此。啊,我们到了,我的朋友。现在去把这个好消息告诉男爵夫人吧。"

简在饭店里,电话通报之后,侍者告诉我们可以直接上去。一个服务生领着我们走到房门口。

开门的是一位衣着整洁的中年妇女,戴着眼镜,灰白头发梳理得整整齐齐。从卧室传来简沙哑的嗓音。

"是波洛先生吗,埃利斯?请他坐下。我找件衣服披上,马上就出来。"

简·威尔金森所说的衣服是件薄纱睡衣,展现出来的曲线倒比遮盖住的身体更多。她急切地走过来,说道:"行了?"

波洛站起身鞠躬吻手致意。

"正好可以用到这个词,夫人,就是行了。"

"怎么,你的意思是?"

"埃奇韦尔男爵完全同意离婚。"

"什么?"

她脸上的茫然神情如果不是真的,那她确实是一个最了不起的演员。

"波洛先生!你办到了!轻轻松松!马到成功!天哪,你真是个天才。你到底是怎么办成这事的?"

"夫人,我不能无功受禄。六个月之前你的丈夫就已经写信给你,撤销了对离婚的反对。"

"你说什么?写信给我?寄到哪儿了?"

"就我所知,是你在好莱坞的时候。"

"我从没收到过。我想一定是寄丢了。想想这几个月我居然一直为这件事烦心、想主意、发愁,几乎要把自己搞疯了。"

"埃奇韦尔男爵似乎觉得你要嫁给什么演员了。"

"自然，我是这么告诉他的。"她孩子般地笑了笑，忽然又变成了很警觉的样子，"怎么，波洛先生，你没有告诉他我和公爵的事情吧？"

"没有，没有，你放心。我是很谨慎的。可不能说出来，对吧？"

"是啊，你看，他就是那么一个怪异卑劣的人。要是说嫁给默顿，他可能会觉得是我在借此往上爬——他自然会暗中破坏。但是电影演员就不同了。不管怎么说，我还是很意外的。是的，我感到意外。你不觉得奇怪吗，埃利斯？"

我注意到女仆一直在卧室走来走去，整理女主人胡乱甩在椅背上的几件外出衣服。我之前以为她是在暗中听我们说话。现在看起来，简是完全信任她的。

"是的，确实是，夫人。这和我们之前认识的男爵大人一定是有了很大不同。"女仆带着些恶意说道。

"是的，一定是这样。"

"你不了解他的态度？这让你觉得奇怪吗？"波洛询问道。

"哦，是的。但是不管怎么说，我们都不要担心这个了。只要他改了主意，为什么改的又有什么关系？"

"你可能不感兴趣，不过这倒是让我很有兴趣，夫人。"

简没有接这个话茬儿。

"最重要的是，我自由了，终于。"

"还没有，夫人。"

她不耐烦地看着他。

"也行，快要自由了。是一回事。"

波洛看起来并不这么觉得。

"公爵在巴黎,"简说,"我得马上发电报给他。天哪,他的老妈不得气疯了?"

波洛站起身。

"我很高兴一切都如你所愿了,夫人。"

"再见,波洛先生,真是非常感谢。"

"我什么都没做。"

"无论如何,是你给我带来了好消息,波洛先生,我会永远感激你,真的!"

"事情就是这样了,"我们走出套房时波洛对我说,"她脑子里只有一件事——她自己。她根本没有起疑,没有好奇为什么从未收到过这封信。你看着吧,黑斯廷斯,有些事情上她精明过头,但是有时完全没有脑子。好吧,上帝不能把什么都给一个人。"

"除了赫尔克里·波洛。"我接了一句。

"你又在开我玩笑了,我的朋友。"他冷静地回答,"来吧,我们沿着堤岸走走。我想把脑子里的想法整理整理。"

我谨慎地保持着沉默,等着这个料事如神的家伙先开口。

"信,"我们走到河边的时候他才又开始这个话题,"这让我很感兴趣。这个问题有四个解答,我的朋友。"

"四个?"

"是的。第一个是,这封信寄丢了。这种事会发生,但并不是那么经常。不,不会经常发生。如果是地址写错,信早就会退回给埃奇韦尔男爵。不,我不希望是这个答案,当然,这也可能就是真正发生的事。

"第二个答案,我们美丽的男爵夫人说从没有收到信是在撒谎。当然,这也是很有可能的。这位迷人的女士为了自己,可以用最孩子气的坦率外表说出任何谎话。但是我想不出原因,黑斯廷斯,这对她有什么好处呢?如果她明知道他会同意离婚,为什么还要请我去提这个要求?这说不过去。

"第三个答案。埃奇韦尔男爵在说谎。如果说有什么人在撒谎,相比他太太,他的可能性更大。但是我也看不出这个谎言的理由。为什么编造一封号称在六个月之前寄出的信?为什么不干脆就答应我的提议?不,我觉得他确实发出了这封信——只是他为什么忽然改变了态度,我实在想不明白。

"那么,就剩下第四个答案了——有人扣下了这封信。注意,黑斯廷斯,这样一来我们就有个非常有趣的猜测了,因为信可能被任何人扣下来——不管是在美国还是在英国。

"不管是谁扣下了这封信,他一定是不希望这个婚姻解体。黑斯廷斯,我真的很想知道这件事情背后的故事。一定有什么原因——我发誓一定有什么原因。"

他停了停,然后慢慢地接着说。

"这个原因我现在还只能模糊地看到一点点。"

第五章 谋杀

第二天是六月三十号。

当时是九点半,仆人来通报说杰普警督在楼下急着要见我们。我们已经有好几年没有见过这位苏格兰场的警督了。

"啊!可爱的杰普,"波洛说,"我倒是想知道他来做什么。"

"来找你帮忙的,"我干脆地说,"有什么案子让他力不从心了,只好来找你。"

对于杰普,我没有波洛那么纵容。我倒不是很在意他总是害得波洛大伤脑筋——不管怎么说,波洛是很享受这个过程的,既高兴又感到荣耀。让我不高兴的是杰普总是虚伪地装出他并不是跑来请求帮助的样子。我喜欢直来直往的人。我这么说了,波洛大笑起来。

"你是勇往直前的硬汉,对不对,黑斯廷斯?但是你要想到,可怜的杰普还得保全他的面子。所以他必须得装一装样子,这是很自然的。"

我觉得这是挺傻的做法,也这么直接说了。波洛还是不同意。

"外在的表现——都是些无关痛痒的东西——但是对有些人来说很重要。这让他们得以保持尊严。"

我个人认为一点点谦卑对杰普来说没坏处,但没必要为了这件事争论。何况我也很好奇杰普这次为了什么而来。

他很热情地同我们两人打招呼。

"正要去吃早餐，是这样吗？还没有找到给你下方形蛋的母鸡吗，波洛先生？"

这是一个老典故了，来自波洛对不同外形的鸡蛋会破坏他的匀称感这么一个小抱怨。

"现在还没有。"波洛笑着说，"什么事让你这么早就大驾光临，我可爱的杰普？"

"不早了，至少对我来说不早了。我已经起床工作两个多小时了。至于是什么事让我来找你——是的，一起谋杀。"

"谋杀？"

杰普点点头。

"埃奇韦尔男爵昨晚被人杀死在摄政门的住所。被他太太用刀刺入了脖子。"

"他的太太？"我叫出声来。

我一下就想起布赖恩·马丁在昨天上午说过的话。他是预见到将会发生什么事情了？我又想起简那句轻轻松松的"解决了他"。非道德，布赖恩·马丁是这么说她来着。她是那种人，没错。无情，自大而且愚蠢。他的判断多么正确啊。

我想着这些的时候，杰普也在继续说："是的，那个女演员，你知道的。有名的简·威尔金森，三年前嫁给了他。他们的关系并不好，后来她离开了他。"

波洛看起来一脸困惑又很严肃。

"是什么让你认为是她杀的？"

"不是认为，有人认出了她。她好像也没有打算掩饰身份，叫了一辆出租车——"

"出租车——"我不由自主重复了一遍，那晚她在萨伏依饭店说过的话又在我耳边响起。

"——按门铃,要求见埃奇韦尔男爵,那是晚上十点的事。管家说他去看看。'哦,不必了,我就是埃奇韦尔男爵夫人。'她冷静地说,'我想他就在书房。'说着她就走过去打开门,走进房间回手关上了门。

"管家觉得有些奇怪,但也不是什么大不了的事情。他回到楼下。十分钟之后,他听到大门关上的声音。不管怎么说,她没有待很久。他在差不多十一点的时候锁上了大门。他打开过书房的门,但是屋里很暗,所以他以为主人已经上床睡觉了。今天早上女仆发现了尸体。脖子后面——刚刚好就在发根的下面中了一刀。"

"有叫声吗?宅子里的人什么声音都没有听到?"

"他们都说没有。你知道,书房有扇隔音很好的门,外面还有车辆驶过的声音。照那个样子刺过去,人很快就死了。从脑底部直接插入延髓,医生是这么说的——大概是这个说法吧。如果你找准了这个位置,立即就能杀死一个人。"

"就是说,要准确地知道应该往哪儿刺,要有医学知识。"

"是的,确实是这样。这一点倒是对她有利。但十有八九是运气使然。她只是运气很好。有些人就是有很好的运气,你知道的。"

"我的朋友,要是因此而要被绞死的话,那可就不是运气了。"波洛插了一句。

"不。她可真是个傻瓜——就这么大大方方走进去,还把名字都报出来了。"

"确实,非常奇怪。"

"也许她并没有打算杀人,他们吵起来,她拿到小刀然后刺了他一刀。"

"是小刀？"

"反正是这类的东西，医生说的。不管是什么，她都随身带走了，伤口里没有留下凶器。"

波洛很不满意地摇着头。

"不，不，我的朋友，事情不会是这样。我认识这位女士。她没有能力做出这样热血冲动的事情。另外，她也绝对不会随身带着小刀。很少有女人会这样——简·威尔金森肯定不会是其中之一。"

"你的意思是你认识她，波洛先生？"

"是的，我认识她。"

他没有继续说下去，杰普好奇地看着他。

"有什么想说的吗，波洛先生？"他最后还是试探着开口了。

"啊！"波洛说，"这倒提醒了我。你到底是来做什么的，啊？总不会是来找老朋友打发一下时间吧？肯定不是。这是一件很明确的谋杀案。你已经有了罪行，你也有犯罪动机——说起来，这个动机到底是什么？"

"想要嫁给别的男人。不到一周之前有人听她这么说过。还有人听到她放下狠话了，说法是她要找辆车过去，解决了他。"

"啊！"波洛说，"你倒是消息很灵通嘛——消息非常灵通。一定是有人帮了大忙。"

我想波洛的眼神里满是询问的意思，不过即便如此，杰普还是没有回话。

"我们总会听到些什么，波洛先生。"他不动声色地说。

波洛点点头，伸手拿过日报。毫无疑问，杰普在等待的时候已经打开看过了，在我们进来的时候又随手放到了一边。波洛机械地把报纸从中页折回原样，抚平放整齐。虽然他一直看着报纸，不过思绪却在某个谜题里。

"你还没有回答，"他缓缓说，"既然进展都这么顺利，你为什么还要来找我？"

"因为我听说你昨天上午去过摄政门。"

"明白了。"

"所以吧，一听到这事儿，我就对自己说，'有问题'。男爵大人找过波洛先生，为什么呢？他在怀疑什么？他在害怕什么？在采取确实的行动之前，我最好还是过去和波洛先生谈谈。"

"你说的'采取确实的行动'是什么意思？逮捕那位女士，我估计是这样，对吧？"

"没错。"

"你还没有见到她？"

"啊，见过了。去萨伏依酒店当然是第一件事。不能冒着让她跑掉的风险。"

"哦。"波洛说，"所以你——"

他停下来。若有所思的眼睛一直怔怔地盯着眼前的报纸，现在看起来光彩有些不同了。他抬起头，换了个新的腔调。

"她怎么说？啊，我的朋友，她到底说了些什么？"

"当然，我也是像往常一样，告诉她需要录一份口供，然后提醒她注意将要说什么——你总不能说英国警察行事不公吧？"

"在我看来是蠢不可及的行事公正。不过，请继续。男爵夫人怎么说？"

"歇斯底里地发作了一阵——就是这样。走来走去，张开手臂，最后索性扑倒在地上了。啊，她演得不错，我得承认这一点。非常不错的表演。"

"哦，"波洛温和地说，"那么，你的意思是，那场歇斯底里的发作不是真的？"

杰普毫不掩饰地眨了眨眼。

"你是怎么想的？我可不会被这些把戏套进去。她才没有晕倒呢——完全没有！只是尝试了一下。我敢发誓，她挺享受这个过程的。"

"是的，"波洛若有所思地说，"我得说这是完全可能的。接下来呢？"

"哦，然后她就醒了——假装醒过来，我是说。然后开始喃喃自语——哼哼起来，继续演戏。她那个面无表情的女仆给她用了点嗅盐，然后她终于算是清醒过来，可以叫人去找她的律师了。她的意思是没有律师在，她什么都不会说。一会儿歇斯底里，一会儿要找律师。我倒是问问你，这是自然的举动吗，先生？"

"我得说，在这个情况下是完全自然的。"波洛冷静地说。

"你是说，因为她是有罪的，而且她自己也知道。"

"完全不是这个意思，我是说，因为她的脾气。她先是让你看看一个女人忽然听说自己的丈夫死去会有什么样的表现。然后，等自己的戏剧本能得到满足之后，她天生的精明让她去找律师。她演了这么一场戏，而且知道这也不会证明她是有罪的。这仅仅说明，她是个天生的演员。"

"也罢，她肯定不会是无辜的。这也是真的。"

"你倒是很肯定，"波洛说道，"那我想一定就是这样了。你是说，她什么都没说？完全没有交代什么？"

杰普咧嘴笑了。

"律师不来的话一个字都不说。那个女仆打电话给律师。我留下两个人在那儿,然后就来找你了。我想在继续调查之前先来听听你有什么看法。"

"不过你不是很肯定?"

"当然,我很肯定。不过我想尽可能多地了解事实。这事儿绝对会引起轩然大波,绝对不是什么可以偷偷就处理好的事情。所有报纸都会登这个事情,你也知道报纸都是怎么个德行。"

"说起报纸,"波洛说,"你怎么看这个,我亲爱的朋友?你并没有非常仔细地看今天的晨报吧。"

他俯身越过桌子,手指着社会版中的一段。杰普大声读了起来。

蒙塔古·康纳爵士昨晚在齐西克河畔的府邸主办了一场非常成功的晚宴。出席人士有:乔治爵士及杜·菲斯夫人,著名戏剧评论家詹姆斯·布伦特先生,奥夫顿电影公司的奥斯卡·哈默费尔特爵士,简·威尔金森小姐(埃奇韦尔男爵夫人)等人。

有那么一小会儿,杰普看起来愣住了,然后才恢复了正常。

"这个和那件事有什么关系?这是事先就送到报馆的消息。你会明白的。你会发现我们的男爵夫人根本不在那儿,或者她迟到了——大概十一点之后。老天保佑,你不能把报纸上看到的一切都当作金科玉律啊。你应该比任何人都更清楚这一点。"

"哦,我知道,完全知道。我只是觉得很凑巧,仅此而已。"

"巧合的事情还有很多。现在,波洛先生,我知道你守口如瓶,这一点我是得到过教训的。但是这件事你会告诉我,对吧?你会告诉我为什么埃奇韦尔男爵会请你去的。"

波洛摇了摇头。

"倒不是埃奇韦尔男爵找我去的。是我要求他约个时间见一下。"

"真的？那是为了什么？"

波洛犹豫了一下。

"我会回答你这个问题，"他慢慢地说，"但是我想按照自己的方式来回答。"

杰普不满地哼了一声。我暗暗地有些同情他。波洛有时候确实会让人非常恼火。

"我提个要求，"波洛继续说道，"请允许我打个电话，邀请一个人来这边。"

"是什么人？"

"布赖恩·马丁先生。"

"那个电影明星？他和这事儿有什么关系？"

"我觉得，"波洛说，"你会发现他将告诉你的事情非常有意思——很可能非常有用。黑斯廷斯，劳你大驾？"

我拿起电话簿。这位明星在圣詹姆斯公园附近的大楼里有一套公寓。

"维多利亚四九四九九。"

几分钟后，声音听起来困意十足的布赖恩·马丁接起了电话。

"喂——哪位？"

"该怎么说？"我用手捂住话筒，低声问波洛。

"告诉他，"波洛说，"埃奇韦尔男爵被人谋杀，如果他能立即过来和我见一面，我将不胜感激。"

我把这话一字不落地复述了一遍。电话那边传来惊讶的叫喊。

"天哪，"马丁说，"她真的这么干了！我马上过来。"

"他怎么说？"波洛问道。我告诉了他。

"啊，"波洛说，他看起来挺高兴的，"她真的这么干了。这是他的原话？那就和我想的一样了，和我想的一样。"

杰普好奇地看着他。

"我真搞不懂你,波洛先生。你先是说得好像你觉得那女人完全不会做出这种事情。现在你的表现又像是一直都知道这件事。"

波洛只是笑了笑。

第六章 寡妇

布赖恩·马丁倒是言出必行,不到十分钟就赶了过来。在等待他过来的这段时间,波洛只谈了些无关紧要的话题,一丁点儿也不肯满足杰普的好奇心。

很显然,我们的消息让这名年轻的演员非常不安。他的脸看起来苍白,还拉得很长。

"我的老天哪,波洛先生,"他边握手边说,"这真是太可怕了。我真是被吓坏了——不过我也不能说我有多么意外。我一直都疑心这种事情会发生。你可能还记得我昨天这么说过。"

"当然记得,当然记得。"波洛说,"我记得你昨天和我说过什么,非常清楚。请允许我向你介绍一下杰普警督,他负责调查这个案子。"

布赖恩·马丁略带责难地瞥了波洛一眼。

"我不知道还有人在,"他低声说道,"你应该提醒我一声。"

他对着警督冷冷地点了下头,然后坐下,嘴唇紧闭。

"我不明白,"他表示不满,"为什么叫我过来?这事儿和我完全没有关系。"

"我想是有的。"波洛温和地说,"既然是谋杀,我们应该把个人恩怨先放到一边。"

"不,不。我和简演过戏,我很了解她。该死的,她是我的朋友啊。"

"尽管如此,一听到埃奇韦尔男爵被杀,你的第一反应就是她杀的。"

这个演员有些着急了。

"你的意思是说——"他的眼珠子似乎都要跳出来了,"你的意思是说我想错了?这件事情不是她做的?"

杰普插话进来了。

"不,不,不,马丁先生。肯定是她做的。"

那年轻人跌坐回椅子上。

"有那么一小会儿,"他低声道,"我还以为我犯下了最阴暗的错误。"

"在这种事情上,绝不能让交情影响了你的判断。"波洛肯定地说道。

"话是这么说,但是——"

"我的朋友,你真的希望自己站到一个女杀人犯一边吗?杀人犯——这可是人世间最丑恶的罪行。"

布赖恩·马丁叹了一口气。

"你们不明白。简不是那种一般的杀人犯。她——她没有是非观。老实说,这不是她的责任。"

"这将是陪审团需要考虑的问题了。"杰普说。

"说吧,说吧,"波洛友善地说,"这并不是你在指控她。她已经被指控了,你不能拒绝告诉我们你所知道的事情。你对这个社会是有责任的,年轻人。"

布赖恩·马丁又叹了一口气。

"我想你说得对,"他说,"你们想让我说些什么?"

波洛看了看杰普。

"你有没有听到过埃奇韦尔男爵夫人——或者我应该称呼她威尔金森女士——对她丈夫发出过威胁？"杰普问。

"是的，好几次。"

"她是怎么说的？"

"她说，如果他不还她自由，她就只能'解决了他'。"

"这不是开玩笑的，对吧？"

"不，我想她是很认真的。有那么一次，她说她可以叫辆出租车过去，然后杀了他——你也听到了吧，波洛先生？"

他很悲伤地看向我的朋友，请求帮助。

波洛点了点头。

杰普继续发问。

"那么，马丁先生，我们听说她希望恢复自由身，是要嫁给另一个人。你知道是谁吗？"

布赖恩点点头。

"是谁呢？"

"那个人是——默顿公爵。"

"默顿公爵！哇！"杰普吹了一声口哨，"这是攀了高枝啊，不是吗？听说他是英国最有钱的人之一了。"

布赖恩更加垂头丧气地点了点头。

我不太明白波洛的态度。他向后靠在椅背上，手指交错，头有节奏地点着，仿佛是一个人选好了唱片，放在留声机上静静享受着结果。

"她丈夫不肯和她离婚？"

"他坚决拒绝。"

"你确定知道这一点？"

"是的。"

"那么，"波洛忽然再次加入了谈话，"这就是我和这件事产生联系的地方了，杰普老朋友。埃奇韦尔男爵夫人邀请我去见她丈夫，希望说服他同意离婚。他给我安排在了昨天上午。"

布赖恩·马丁摇着头。

"那是毫无用处的，"他很肯定地说，"埃奇韦尔男爵绝不会同意。"

"你认为他不会同意？"波洛说着，一边和蔼地望向他。

"我很肯定。简心里也很清楚。她也不是真的以为你会成功。她其实已经放弃希望了。在离婚这件事情上，那个男人就是个偏执狂。"

波洛笑了。他的眼睛忽然亮了起来。

"你错了，亲爱的年轻人，"他温和地说，"我昨天已经见到了埃奇韦尔男爵，他也同意离婚了。"

毫无疑问，布赖恩·马丁被这个消息吓得目瞪口呆。他盯着波洛，眼珠就快跳出眼眶了。

"你——你昨天见过他？"他有些语无伦次。

"在十二点一刻的时候。"波洛有条不紊地继续说。

"他同意离婚了？"

"他同意离婚了。"

"你应该马上告诉简。"这个年轻人几乎是用责备的口气吼出来。

"我立即告诉她了，马丁先生。"

"你立即告诉她了？"马丁和杰普一起叫出了声。

波洛笑了。

"这就有点影响动机了，是不是？"他低声道，"那么现在，马丁先生，允许我提醒你看看这个。"

他向他展示了报纸上的那段话。

布赖恩读着,但是没显出什么兴趣。

"你的意思是,这就是不在场证据?"他说,"我以为埃奇韦尔男爵是在昨天晚上的某个时刻被枪杀的。"

"他是被刀刺死的,不是枪击。"波洛说。

马丁慢慢放下报纸。

"恐怕这没什么用,"他略显遗憾地说,"简没有去参加晚宴。"

"你怎么知道的?"

"不太记得,有人说过。"

"真遗憾。"波洛若有所思地说。

杰普好奇地看着他。

"真是捉摸不透你啊,先生。现在看起来,你又不希望这名女士是有罪的。"

"不,不,不,我亲爱的杰普。我并不是你想的那样偏袒。但是说实话,你所办的这个案子确实有一些有悖常理的地方。"

"你说的有悖常理是指什么?这可没有违反我的常理。"

我可以看到很多话想从波洛微微颤抖的嘴唇中倾泻而出,他强压住了。

"如你所说,现在有一名女士想解决掉自己的丈夫。这一点我没有异议,她也如实告诉你了。我的朋友,她是怎么做的?她多次在证人面前大声地说,她打算杀了他。某天晚上,她走出门,来到他的寓所,通报自己的姓名,刺死他然后扬长而去。我的朋友,你把这个叫作什么?这难道就是常理?"

"这是有点犯傻,当然的。"

"犯傻?这简直是白痴!"

"好吧，"杰普站起身说，"罪犯们犯傻的时候，好处总归是警察的。我现在要回萨伏依饭店了。"

"允许我和你一起过去吗？"

杰普没有反对，于是我们一起出发了。布赖恩·马丁不太情愿地离开了我们。他看起来非常紧张而兴奋，再三恳求我们一定要把最新的发展通知他。

"有点神经质的家伙。"杰普这么评价他。

波洛表示同意。

在萨伏依饭店，我们看到一位律师派头的绅士刚刚抵达，和我们一起走到了简的套房。杰普开始和他的一个手下说话。

"有情况？"他简洁地问道。

"她想打电话。"

"打给谁？"杰普急切地问。

"杰伊商行，说是要定丧服。"

杰普低声咒骂了一句。我们走进了套房。

已成寡妇的埃奇韦尔男爵夫人正在镜子前试戴帽子。她穿着带点亮光的黑白条纹衣服，容光焕发地和我们打招呼。

"怎么了，波洛先生，你也能来真是太好了。莫克森先生（这句话是对律师说的），我真高兴你能来。请坐在我旁边，告诉我哪些问题该回答。这人好像觉得我今天早上跑出门去把乔治杀掉了。"

"是昨晚，夫人。"杰普说。

"你不说是上午吗？十点。"

"我是说午后十点。"

"好吧。我是从没有搞清楚过什么午前午后的。"

"现在才刚刚十点钟。"警督严厉地补充了一句。

简的眼睛睁得大大的。

"原谅我,"她低声说,"我有好几年没有起过这么早了。怎么说呢,你刚刚过来的时候一定是天刚亮吧。"

"警督阁下,请问,"莫克森先生以繁冗的法律口吻说话了,"请问是否可以告诉我,这件——呃——值得惋惜——令人震惊的事情——是在何时发生的?"

"大约是在昨晚十点左右,先生。"

"这么说来,那就没事了,"简马上接上了话,"我当时在一个晚会上——啊!"她忽然用手捂住了嘴,"大概我不该说这话吧。"

她满脸怯意地望向律师,希望得到指示。

"如果说,昨晚十点你是在——呃——一个晚宴上,那么,埃奇韦尔男爵夫人,我——呃——我不反对你向警督指出这个事实——完全不反对。"

"没错,"杰普说,"我只是希望你说明一下昨晚的行踪。"

"你之前可不是这么说的。你说十点,没说早晚。不管怎么说,你把我吓坏了,我当时就吓晕了过去,莫克森先生。"

"关于这个宴会你还有什么补充的吗,埃奇韦尔男爵夫人?"

"是蒙塔古·康纳爵士的府上——在齐西克。"

"你是什么时候到的?"

"晚餐是在八点三十分。"

"你离开这儿的时间?"

"我大概八点出发的。先去了趟皮卡迪利广场饭店,和一个将要回国的美国朋友道别——范·杜森夫人。我应该是在九点差一刻到的齐西克。"

"什么时候离开的?"

"大约是十一点半。"

"你是直接回到这儿的?"

"是的?"

"坐的出租车?"

"不,是我自己的车。我从戴姆勒那儿租的。"

"那么你在宴会期间一直没有离开过?"

"怎么说呢,我——"

"所以,你是离开过的?"

这个过程就像是猎狗慢慢逼近老鼠。

"我不明白你的意思。晚宴的时候有个电话找我。"

"谁打给你的?"

"我想是个恶作剧。一个声音说:'是埃奇韦尔男爵夫人吗?'我说:'是的,没错。'然后那边大笑起来,挂断了电话。"

"你是走出房子接的电话?"

简的双眼睁得大大的,很惊讶的样子。

"当然不是。"

"你离开餐桌大概多长时间?"

"大概一分半钟。"

杰普最终还是放弃了。我敢肯定他完全不相信她说的每一句话,但是既然听到她这么说了,在证实或者推翻这些说法之前,他什么也没法做。

冷冷地表示感谢之后,杰普便告退了。

我们也打算离开,她却叫住了波洛。

"波洛先生,你能为我做点事吗?"

"当然,夫人。"

"请帮我给在巴黎的默顿公爵发个电报。他在克里伦饭店。

他该知道这些。我不想自己去发。我想这一两周内我应该有个刚刚守寡的样子。"

"发电报其实没有什么必要，夫人。"波洛温和地说，"那里的报纸也会登出来的。"

"对啊，你太有头脑了。当然会登出来的。最好还是不要发电报了。既然一切都没什么问题了，我想我现在应该努力保持自己的姿态。我应该有个寡妇的样子，你知道，庄重的样子。我应该送个兰花的花圈。自然是最贵的那种了。我想我应该去参加葬礼。你怎么看？"

"你应该先去接受调查，夫人。"

"哦，也是啊。"她考虑了一会儿，"我一点都不喜欢那个苏格兰场的警督。波洛先生，他可是吓死我了。"

"是吗？"

"幸亏我改了主意去参加那个晚宴。"

波洛正朝着门走过去。听到这句话，他忽然转过身来。

"你说什么，夫人？你改了主意？"

"是的，我本来不想去了，昨天下午头疼得很厉害。"

波洛咽了一两口唾沫，看起来开口有些困难似的。

"这个——你和任何人说起过吗？"他最后还是问了出来。

"当然说过。当时我们好多人在一起喝茶，他们邀请我去参加一个鸡尾酒会，我说：'不了。'我说我头疼得要裂开了，得马上回家，而且那个晚宴也不打算去了。"

"那么又是什么让你改变了主意呢，夫人？"

"埃利斯说了我几句。她说我不能不去。你知道的，老蒙塔古爵士的人脉很广，而且他脾气很怪——很容易就会得罪他。总之，我是不在乎的。只要我嫁了默顿公爵，就什么都不担心了。

但是埃利斯总是小心翼翼的。她总说万事都要小心，随时都会出差池什么的。最后我想她说得也对，就去了。"

"你这是欠了埃利斯一个大人情啊，夫人。"波洛很严肃地说。

"我想是这样。那个警督应该把这些都搞清楚了，是吧？"

她笑起来了，波洛没有。他用低沉的声音说："说到底——这值得好好想想。是的，值得好好想想。"

"埃利斯。"简叫道。

女仆从另一个房间走进来。

"波洛先生说昨晚多亏你逼着我去参加了那个晚宴。"

埃利斯几乎没有看波洛。她的样子很冷漠，一副不在乎的样子。

"失约是不行的，夫人。你总喜欢这样，大家不是总会原谅你。他们总归会讨厌的。"

简拿起我们来的时候她正在试的帽子，又戴在了头上。

"我不喜欢黑色，"她有些不开心地说，"我从来不戴黑色帽子。但是我想作为一个合格的寡妇，我不得不戴上了。这些帽子都太吓人了。埃利斯，给另一家帽店打电话。我得装扮得适合见人。"

波洛和我悄悄地溜了出来。

第七章 秘书

杰普离开饭店之后我们就没再见到他。过了大概一小时他才又出现,把帽子扔到桌上,一个劲儿地说他这次是倒霉透了。

"你去调查过了?"波洛同情地问。

杰普满面愁容地点点头。

"除非十四个人都在说谎,不然就真不是她干的。"他低声吼叫起来。

他继续说下去:"不怕跟你说,波洛先生,我本来以为这会是个障眼法。表面上看起来似乎没有什么其他人会杀害埃奇韦尔男爵。她是唯一有一点点动机的人。"

"我倒不这么想。不过你继续说。"

"就像我说的,我以为这会是个障眼法。你知道这些演艺圈的人都什么样——他们会尽力庇护一个圈内人。不过这次的情形不同。昨晚出席宴会的都是些有头有脸的人物,没有一个是她的老朋友,有的甚至互相都不认识。他们的证词都是独立可信的。于是我希望能发现她中间溜出去过半小时什么的。这很容易做到——就说去补个妆或者类似的借口。不过没有,她确实如她所说离开餐桌去接了个电话,但是管家一直陪着她——而且,中间的过程也和她说的一样。他听到她说:'是的,没错,我是埃奇韦尔男爵夫人。'然后那边就挂了电话。很奇怪,你知道的。不过也不是说一定和案子有什么关系。"

"也许没什么关系——但是也挺有趣的。打电话那个人是男人还是女人？"

"是女的，我记得她提过。"

"有趣。"波洛若有所思地说。

"先别管这个了，"杰普不耐烦地继续说道，"说回重要的地方。整个晚上的经过和她说的别无二致。她九点差一刻到达，十一点半离开，在十二点差一刻回到饭店。我见过为她开车的司机——是戴姆勒的长期雇员。萨伏依饭店的人也看到她回来，确认了时间。"

"这么说来，这个过程算是有定论了。"

"那么摄政门的两个证人又算什么？不仅仅是管家，埃奇韦尔男爵的秘书也看到她了。两个人都对天发誓说晚上十点到那儿去的就是埃奇韦尔男爵夫人。"

"管家在那儿干了多长时间了？"

"六个月。说起来，是个挺英俊的小伙子。"

"是的，确实是。我的朋友啊，我的朋友，如果他在那儿才六个月，他是不可能认出埃奇韦尔男爵夫人的，他之前应该从未见过她才对。"

"他是从报纸上的照片认识她的。不管怎么说，秘书认识她。她跟着埃奇韦尔男爵有五六年时间了，而且她也是唯一绝对有把握的人。"

"啊！"波洛说，"我倒想见见那个秘书。"

"行啊，干吗不现在就和我一起去？"

"谢谢你，我的朋友，我很高兴与你同去。你的邀请也包括了黑斯廷斯吧？"

杰普露出牙笑了。

"你以为呢？主人走到哪儿，小狗就会跟到哪儿。"他补充的这一句在我听来趣味还真不高。

"让我想起了伊莉莎白·坎宁的案子，"杰普说道，"你还记得吗？两边都至少有二十名证人发誓，同一时刻在英国的两个不同地方看到了那个吉卜赛人，玛丽·斯夸尔斯。还都是令人尊敬的证人，而且她那副讨厌的面孔，哪儿都找不到第二张了。这个谜团一直没有被破解。现在的情况也差不多，互相独立的很多人都愿意发誓说那个女人同时出现在两个不同的地方，到底他们中的哪些人说的是实话呢？"

"这应该不是很难弄明白吧。"

"话是这么说，但是这个女人——卡罗尔女士——是真的认识埃奇韦尔男爵夫人。我是说，她曾和夫人成天住在同一所房子里，总不可能认错人吧？"

"我们很快会搞清楚的。"

"谁会继承爵位？"我问道。

"一个侄子，罗纳德·马什上尉。听说是有些不务正业。"

"关于死亡时间，医生是怎么说的？"波洛问道。

"要精确的话我们得等到尸检结束，你知道的，看看晚饭吃的那些东西到什么程度了。"杰普讲述事情的方式，我很遗憾地说，和优雅二字的距离太远了。"但是十点这个说法应该很准确了。他最后一次被人看到还活着是在九点过几分的时候，那时他离开了餐桌，管家把威士忌和苏打水送到了书房。十一点的时候，管家准备上床睡觉时，书房的灯已经熄了——看起来那个时候他应该是已经死了。他不可能一直坐在黑暗里。"

波洛若有所思地点着头。不一会儿，我们就到了埃奇韦尔男爵的府邸，整栋房子的窗帷都已经放下来了。

还是那个英俊的管家为我们打开了门。

杰普走在最前面，率先进了门。波洛和我跟在后面。门是向左打开的，所以管家就在靠墙的那面站着，波洛在我的右边，个头比我要小，所以直到我们走到了前厅管家才看到他。因为靠得比较近，我可以听到他忽然重重吸了一口气。我转过头看到他时，发现他正盯着波洛看，脸上有些惊恐的样子。我想这其中应该有什么原因，就暗暗记下了。

杰普大步走进位于我们右侧的餐厅，招呼管家也过来。

"现在，奥尔顿，我想非常仔细地再问你一次。当那位女士过来的时候，是十点吗？"

"男爵夫人？是的，先生。"

"你怎么认出是她的？"波洛发问了。

"她跟我说了她的名字，先生。另外，我在报纸上看到过她的照片，也看过她的演出。"

波洛点点头。

"她是什么穿着？"

"黑色，先生。黑色的外出服，一顶小黑帽。挂着一串珠子，戴一副灰色的手套。"

波洛用疑问的眼光看了看杰普。

"里面是白色塔夫绸晚礼服，还有貂皮的披肩。"后者简明地说明了一下。

管家继续说着。他的说法和杰普已经转告给我们的内容一模一样。

"那晚还有其他什么人来拜访你家主人吗？"波洛问。

"没有了，先生。"

"大门是怎么锁上的?"

"是一把耶鲁弹簧锁,先生。一般是我在睡觉前把门闩上,先生。十一点,大致是这个时候。但是昨天晚上杰拉尔丁小姐去看歌剧了,所以我没有上门闩。"

"今天早上门是怎么关上的?"

"是闩上的,先生。杰拉尔丁小姐回来之后把门闩上的。"

"她什么时候回来的,你知道吗?"

"我想应该是十二点差一刻,先生。"

"就是说,晚上直到十二点差一刻之前,不用钥匙的话,这扇门没办法从外面打开?但是从里面的话,只需要转下门把手就可以了。"

"是这样,先生。"

"一共有几把钥匙?"

"男爵大人自己有一把,先生,还有一把放在前厅抽屉里,杰拉尔丁小姐昨晚就拿了这一把。我不知道还有没有其他钥匙。"

"这房子里的其他人都没有钥匙了?"

"没有了,先生。卡罗尔小姐总是按门铃。"

波洛表示他想问的就是这么多了,于是我们去找那个女秘书。我们找到她时,她正在大桌上忙碌地写着什么。

卡罗尔小姐是个很精干的女人,大约四十五岁的样子。她的淡色头发已经大半花白,戴着夹鼻眼镜,一双精明的蓝眼睛透过镜片审视着我们。当她开口的时候,我听出来了,这就是在电话里和我交谈过的那个干脆利落,公事公办的声音。

"啊,波洛先生。"听完杰普的介绍,她说道,"是的,昨天上午就是我和你确定会面时间的。"

"一点也不错,小姐。"

我想波洛对她的印象是很好的,她也确实算得上整洁精密的化身。

"那么,杰普警督,"卡罗尔小姐说,"我还能为你做点什么?"

"是这样。你绝对确定昨晚来这儿的是埃奇韦尔男爵夫人吗?"

"这是你第三次问我这个问题了。我当然确信,我看到她了。"

"在哪儿看到的,小姐?"

"就在前厅。她和管家说了一会儿话,然后直接穿过前厅走进了书房的门。"

"当时你在哪儿?"

"在二楼——往下看着。"

"你肯定不会认错?"

"绝对肯定。我清楚地看到了她的脸。"

"有没有可能你是错认了一个和她长得很像的人?"

"肯定不会。简·威尔金森的五官相当独特。那个人就是她。"

杰普瞥了一眼波洛,好像是在说"明白了吧"。

"那么埃奇韦尔男爵有什么敌人吗?"波洛忽然问道。

"胡扯。"卡罗尔小姐说。

"你说'胡扯'是什么意思呢,女士?"

"敌人!现在的人哪还有什么敌人?起码英国人是没有敌人的!"

"话是这么说,但埃奇韦尔男爵是被人谋杀的。"

"那是他的妻子做的。"卡罗尔小姐说。

"妻子就不是敌人了？不是吗？"

"我相信这是一件最不寻常的事情。我从来没有听过这种事情——我是说，在我们这个阶层的人身上。"

很明显，按照卡罗尔小姐的理解，谋杀是那些下层的酒鬼们才会犯下的罪行。

"大门有多少把钥匙？"

"两把，"卡罗尔小姐立即回答，"埃奇韦尔男爵总是带着一把。另一把放在前厅的抽屉里，任何打算晚归的人都可以用那一把。原本还有第三把钥匙，不过马什上尉给弄丢了，他真是非常不小心。"

"马什上尉常来这房子？"

"他曾经住在这儿，直到三年前。"

"他是为什么离开的？"杰普问道。

"我不知道。好像是和他叔叔合不来吧，我想。"

"我想你知道的应该比这要多一点点，小姐。"波洛温和地说道。

她迅速地扫了他一眼。

"我不是那种喜欢传闲话的人，波洛先生。"

"有传言说埃奇韦尔男爵和他的侄儿严重不和，关于这个传言，你完全可以告诉我们一些事实吧。"

"并没有那么严重。埃奇韦尔男爵确实是个难以相处的人。"

"连你都发现这点了？"

"我并不是说我自己。我与埃奇韦尔男爵从没有过不和。他总是完全信赖我。"

"不过说到马什上尉——"

波洛继续抓住这一点，慢慢地继续鼓励她多说些真相。

卡罗尔小姐耸了耸肩膀。

"他挥霍无度，欠了不少债，还有些别的麻烦——我不知道到底是些什么。他们大吵了一次。埃奇韦尔男爵把他赶出了房子。事情就是这样。"

她的嘴唇紧闭。显然是不想再说什么了。

我们和她谈话的房间就在二楼。离开的时候，波洛拉住了我的胳膊。

"等一下。能在这儿待一会儿吗，黑斯廷斯？我和杰普先下楼。看着我们走进书房之后，你再下来和我们会合。"

我早就放弃以"为什么"开头向波洛提问了。就像是《轻骑兵》里面说的，"不要问什么为什么，我们的使命就是去战或者去死"。还好现在没有到要我去死的程度。我想可能是他怀疑管家在监视他，想让我确定是不是这么回事。

我站定位置从栏杆上看过去。波洛和杰普先是走到了前门——这超出了我的视线。然后他们重新出现，慢慢地顺着大厅走过来。我用目光跟随他们的背影，直到他们都走进了书房。我等了一两分钟看看那个管家会不会出现，但是没有任何人，于是跑下楼去和他们会合。

尸体自然已经被移走。窗帘放下，电灯打开着。波洛和杰普都站在房间的中央环顾四周。

"什么都没有。"杰普正说着。

波洛面带微笑回话："天哪！没有烟灰——没有脚印——也没有女士的手套——甚至没有残留的香水味？没有任何侦探小说中那些容易找到的东西。"

"在侦探小说里面，警察总是被写得像蝙蝠一样瞎。"杰普露出牙齿笑着。

"我曾经发现一条线索,"波洛心不在焉地继续说,"但是这个东西有四英尺长,而不是四厘米,所以没人相信这是真的。"

我想起了当时的情况,大笑起来。接着我马上想起了安排给我的任务。

"没问题,波洛。"我说,"我看过了,就我看到的情形,没人在监视你。"

"这就是我的好朋友黑斯廷斯看到的情形。"波洛略带嘲讽地说,"告诉我,我的朋友,你注意到我嘴里叼着的玫瑰吗?"

"你嘴里叼着的玫瑰?"我惊讶地问。杰普转向一边哈哈大笑起来。

"你真是要笑死我了,波洛先生。"他说道,"真是要笑死我了。一朵玫瑰!接下来还有什么?"

"我当时还真的假装我是卡门来着。"波洛不为所动地说。

我真是不明白,究竟是他们疯了还是我出了问题。

"你完全没有看到,黑斯廷斯?"波洛的声音里带着一点责备。

"没有,"我盯着他说,"我也确实看不清你的脸。"

"没关系。"他轻轻地摇了摇头。

他们是在拿我开玩笑吗?

"行了,"杰普说,"我觉得这儿也没什么可做的了。如果可能的话,我想再去见见那个女儿。她之前太伤心了,我什么也没有问出来。"

他按铃召唤管家过来。

"去问下马什小姐,我能不能和她谈几分钟?"

管家去了。几分钟之后回来的不是他,而是卡罗尔小姐。

"杰拉尔丁正在睡觉,"她说,"这可怜的孩子受的打击太大了。你离开之后我给了她一些药让她睡得好些,她现在睡得正踏实。也许你们愿意一两个小时之后再来?"

杰普同意了。

"而且不管什么事,她能告诉你的,我都可以。"卡罗尔小姐坚定地说。

"你对管家怎么看?"波洛问道。

"我不是很喜欢他,这是事实。"卡罗尔小姐回答,"但是我不能告诉你原因。"

我们已经走到了前门。

"你是说你昨晚就站在那儿,对吧,小姐?"波洛忽然手指着楼上问。

"是的。怎么了?"

"你说你是看着埃奇韦尔男爵夫人穿过前厅走进书房的?"

"是的。"

"你清楚地看到了她的脸?"

"当然。"

"但是你是不可能看到她的脸的,小姐。从你站的位置,你只能看到她的后脑勺。"

卡罗尔小姐气得脸都涨红了,似乎吃了一惊。

"她的后脑勺,她的声音,她走路的样子!都是一回事。绝对不会认错!我可以告诉你,我知道那就是简·威尔金森——要是世上真有彻头彻尾的坏女人,她绝对就是一个。"

说完她转过身,怒气冲冲地快步上楼去了。

第八章 几种可能性

杰普不得不和我们分开了。波洛和我转进摄政公园,找到一个僻静之处的长椅坐下。

"我现在知道你嘴里叨着玫瑰的意思了。"我一边说,一边大笑,"那个时候我还以为你疯了。"

他点点头,但是没有笑。

"你看吧,黑斯廷斯,那个秘书是个危险的证人,危险是说证词的不准确。你注意到她斩钉截铁地说看到了来访者的面孔吧?那时我还想这是有可能的。如果是从书房走出来——是的,不是走进书房。所以我做了个小实验,结果正如我所想。然后我给她下了一个套,她立即就改变了立场。"

"但是她的想法并没有变啊,"我争辩道,"而且说到底,声音和走路的姿态也是一样不会认错的。"

"不,不是这样。"

"为什么,波洛,我想声音和平常的步态应该是一个人最重要的特征了。"

"这点我同意。也因此,这些才是最容易假扮的。"

"你是说——"

"想想几天前吧。你还记得有天晚上我们坐在戏院里——"

"卡洛塔·亚当斯?啊!但是她是一个天才啊。"

"一个有名的人是不难模仿的。但是我同意，她确实有不寻常的天赋。我相信，即使没有舞台灯光和距离的帮助，她也可以模仿得不错。"

我心中忽然闪过一个念头。

"波洛，"我叫出来，"你不会是以为——不，这样也太巧合了。"

"这取决于你怎么看了，黑斯廷斯。可能从某个角度来看，这就完全不是巧合了。"

"但是为什么卡洛塔·亚当斯会想要杀埃奇韦尔男爵？她甚至都不认识他。"

"你又怎么知道她不认识他呢？不要想当然啊，黑斯廷斯。他们之间也许有些我们还不知道的联系。当然，这并不是我所假定的全部。"

"这么说你已经有了一个理论？"

"是的。卡洛塔·亚当斯可能涉及此事的想法我从一开始就有。"

"但是，波洛——"

"等等，黑斯廷斯。先让我把几点事实列出来给你看看。埃奇韦尔男爵夫人毫无保留地公开讨论她和她丈夫之间的事，甚至是连杀他的想法都说出来了。不仅仅是你我听过，一个侍者也听到了；她的女仆可能听过很多次了，还有布赖恩·马丁，我想卡洛塔·亚当斯本人也听过了。这些人还会向其他人再转述这件事。而就在那同一个晚上，卡洛塔·亚当斯对简惟妙惟肖的模仿大受好评。谁有杀害埃奇韦尔男爵的动机？他的妻子。

"假设还有另外什么人想要干掉埃奇韦尔男爵，那么现在正好就有一个替罪羊可以用。在简·威尔金森说她头疼需要静静休息的时候——这个计划就开始了。

"埃奇韦尔男爵夫人必须被人看到走进摄政门的府邸。于是，有人看到了。她甚至通报了自己的名字。啊！这实在是过分了点儿。任谁看了会不起疑心呢？

"还有一点——我承认这是很微不足道的小事。昨晚去那房子的女人穿着黑色衣服。简·威尔金森从不穿黑色，我们亲耳听她说过。现在我们先假设一下，昨晚去到那房子的女人不是简·威尔金森——而是有人假扮的简·威尔金森，那么是不是这个女人杀了埃奇韦尔男爵呢？

"有没有第三个人走进房子杀了埃奇韦尔男爵？如果是这样，这个人是在所谓的埃奇韦尔男爵夫人来访之前还是之后进入房子的？如果是之后进入的，这个女人对埃奇韦尔男爵说过些什么？她如何解释自己的来访？她可能骗过并不认识男爵夫人的管家，可能瞒住并没有近距离看到她的秘书，但是她绝不会奢望骗过男爵夫人的丈夫。或者说，当时书房里的是不是已经是一具尸体？埃奇韦尔男爵是不是在那个女人进入房子之前就被杀了——也就是晚上九点到十点之间的某个时候？"

"先停停，波洛。"我叫道，"我的脑子都被你搅乱了。"

"不，不，不，我的朋友。我们只是在说这几种可能性，就像试穿衣服一样。这件合适吗？不，肩膀上有点皱。这件呢？好，这件好多了——但是好像不够大。这一件太小，等等，直到我们找到最合适的那件——也就是事情的真相。"

"那么你觉得会是谁想出了这么个可怕的计划？"我问道。

"哦，现在说还为时过早。我们必须先解决谁有动机希望埃奇韦尔男爵死掉这个问题。有一个明显的，会继承爵位的侄子。甚至都有些太明显了。虽然有卡罗尔小姐异常坚定的判断，还是有可能存在什么敌人。埃奇韦尔男爵给我的印象是一个非常容易树敌的人。"

"是的。"我赞同道,"是这样的。"

"不管是谁,这人一定觉得自己相当安全。记住,黑斯廷斯,如果不是简·威尔金森在最后一分钟改变了主意,她就不会有不在场证明。她可能会在萨伏依饭店的房间,但是这将会非常难以证明。她可能已经被逮捕,试图被定罪——很有可能是绞刑。"

我顿时不寒而栗。

"但是有一件事我还没有想明白,"波洛继续说,"有人想加罪于她,这一点是很明显的——但是为什么会有那个电话?为什么会有人打电话到齐西克给她,而且一旦确认了她在那儿就马上挂断了电话?这看起来像是有人希望确定她正在出席晚宴,然后才下手,难道不是吗?那是在九点半,几乎可以肯定是在谋杀之前。这样做的意图似乎是——没有其他词可以形容了——善意的。这应该不会是杀人犯打来的电话——杀人犯的所有行动都是为了嫁祸给简。那么是谁呢?看起来,这儿似乎有两组完全不同的情况。"

我摇着头,如坠五里雾中。

"说不定只是个巧合?"我这么猜。

"不,不,不可能所有的事情都是巧合。六个月之前,一封信被扣了。为什么?有太多事情得不到解释,一定有什么原因能把它们串在一起。"

他叹了一口气,又继续说道:"还有布赖恩·马丁专程过来告诉我们的故事——"

"当然了,波洛,那些和这件事情一定没有关系。"

"你太盲目了,黑斯廷斯。盲目而且冥顽不灵。难道你没有看出这一切都是有迹可循的？目前这线索还太迷惑，但是慢慢会被搞清楚的……"

我觉得波洛还是太乐观了。我可不认为有什么事情是一定会被搞清楚的。我的脑子实际上已经不太够用了。

"不会是这样。"我忽然说，"我不相信卡洛塔·亚当斯会做这样的事。她似乎是——嗯，那么好的一个姑娘。"

可是，我虽然这么说着，还是想起波洛说过的对金钱的热爱。对钱的热爱——难道这就是这所有不可思议事件的根源？我觉得波洛在那个晚上真是如有神助。他看出了简身处险境——因为那种特别的以自我为中心的脾性；他看出了卡洛塔会因为贪婪而误入歧途。

"我不认为是她杀了人，黑斯廷斯。她很冷静而且头脑清醒，不会干这种事情。可能她连凶手会干些什么都不知道，只是被无辜利用。但是说到底——"

他停下不说话了，眉头紧皱。

"即便如此，她也是个从犯了。我是说，她会看到今天的新闻，会意识到——"

波洛忽然发出了嘶哑吼声。

"快！黑斯廷斯！赶快！我太蠢了——跟白痴一样。快叫出租车。马上！"

我盯着他。

他挥舞着胳膊。

"出租车——赶紧。"

一辆车驶过来，他叫住车，我们马上钻了进去。

"知道她的地址吗？"

"你是说卡洛塔·亚当斯？"

"我的朋友,我的朋友。快点儿,黑斯廷斯,快点儿。每一分钟都很重要。难道你还没有看出来?"

"没有,"我说,"我没看出来。"

波洛低声骂了一句。

"查查电话簿?不,她的名字不会在那儿。到戏院去。"

到了戏院,那里的人不愿说出卡洛塔的地址,但是波洛还是想办法拿到了手。是在斯隆广场附近大厦的一个套间。我们马上搭车过去。波洛看起来简直是急不可待。

"但愿我没有太晚,黑斯廷斯,但愿我没有太晚。"

"这么匆匆忙忙是为什么?我真不明白了。到底是什么意思?"

"意思是我动作太慢了。慢吞吞地才认识到这么明显的事情。啊!我的朋友,但愿我们还来得及。"

第九章 第二起命案

虽然我还是没有明白波洛激动的原因,但是我对他足够了解,知道他这样反应一定有他的理由。

我们终于到达了玫瑰露大厦,波洛跳下车付了钱,匆匆走进去。亚当斯小姐的套房就在二楼,钉在公告板上的一张住客名单写得很清楚。

电梯正在楼上的某层,波洛没有等,直接冲向了楼梯。

他又是敲门又是按铃。过了一会儿,门被一名中年女性打开,她看起来很整洁,头发向后梳理得很紧。她的眼圈红红的,像是刚刚哭过。

"亚当斯小姐在吗?"波洛急切地问。

那女人望向他。

"难道你还没有听说?"

"听说?听说什么?"

他的脸色变得死灰一样苍白。我意识到,不管发生了什么,这正是他所担心的事。

那女人一直慢慢地摇着头。

"她死了。一睡不醒,真是太可怕了。"

波洛倚在门柱上。

"太迟了。"他低声说。

他的激动情绪如此明显,那女人也注意到了,关切地看过来。

"对不起,先生,不过你是她的朋友吗?我不记得见你来过。"

波洛没有马上回话,而是问道:"你们请医生来过吗?他怎么说?"

"安眠药过量了。唉!真可惜。这样好的一位女士。这些药真是可恶的危险东西。医生说是一种叫佛罗那的药。"

波洛忽然站直身子,样子变得威严起来。

"我得进去。"他说。

那女人显然是有些疑心的。

"恐怕——"她开口说。

但是波洛的意志非常坚决。他用了可能是唯一能让他达到目的的方式。

"你一定得让我进去,"他说,"我是一名侦探,我必须调查清楚你女主人的死因。"

那女人吃了一惊,连忙闪过身去,我们走进了套房。

从这一刻开始,波洛控制了整个场面。

"我对你说的事情,"他极具威严地对那位女士说,"需要绝对保密,不可对任何人再提及。务必让所有人都继续认为亚当斯小姐的死是意外。请告诉我那名医生的名字和地址。"

"希思医生,在卡莱尔街十七号。"

"你的名字是?"

"本内特,艾丽丝·本内特。"

"你和亚当斯小姐的关系很好,我可以看出来,本内特小姐。"

"哦!是的,先生。她是位非常好的女士。我从她去年住到这里开始为她工作。她不像其他女演员那样难伺候,是个挺实在的年轻女士。她行事很优雅,也喜欢一切优雅的东西。"

波洛充满同情地仔细听着。现在他没有一点点不耐烦的样子。我知道一点一点慢慢来,是他得到他想要的信息的最好办法。

"这对你的打击一定很大。"他温和地说。

"啊!是这样,先生。我像往常一样在九点半的时候给她把茶端进来,她就那么躺在那儿,我以为她还在睡着。我放下茶盘,拉开了窗帘——其中有个环卡住了,先生,我就用力拽了一下,弄出了些声音。我回头看到她没有被吵醒的时候还有些意外。然后我忽然觉得有些不对劲,她躺着的样子有些不自然。我走到床边,摸了摸她的手。那手是冰冷的,先生,我吓得大叫出来。"

她停下来,没有继续说,泪水从眼里涌出来。

"是啊,是啊,"波洛充满同情地说,"这真是太可怕了。亚当斯小姐是不是经常服药来帮助睡眠?"

"她偶尔会用些治头疼的药,先生。一个瓶子里面的小药片。不过她昨晚吃的是其他东西,至少医生是这么说的。"

"昨晚有没有人来看过她?来访者?"

"没有,先生。她昨天晚上出过门。"

"她有没有说去哪儿?"

"没有,先生。她大概是七点出去的。"

"啊!她穿着什么衣服?"

"她穿着黑色的衣服,先生。黑色的套装、黑色的帽子。"

波洛看了一下我。

"有没有戴什么首饰?"

"只有她平常戴的那串珠子,先生。"

"手套呢——是不是灰色的手套？"

"是的，先生。她的手套是灰色的。"

"哦！现在，如果可以的话，给我讲一下她当时是什么态度。是高兴？还是兴奋？悲伤？不安？"

"照我看，她是对什么事挺满意的，先生。她一直自顾自地笑着，就好像有什么很好玩的事情似的。"

"她什么时间回来的？"

"十二点过一点，先生。"

"那个时候她的态度怎么样？一样吗？"

"她好像是累极了，先生。"

"但是并不沮丧？或者痛苦？"

"哦！不，先生。我想她还是为着什么事情而很高兴，不过也太累了，如果你明白我的意思。她拿起电话想打给什么人，然后又说还是不要麻烦了。她说明天早上再打。"

"啊！"波洛的眼睛因为兴奋而变得有神起来。他向前倾身，用一种好像是不太在意的声音继续说："你有没有听到她是要打给谁？"

"没有，先生。她只是要了号码，然后等着，总机那边大概是说'正在帮你接通'之类例常的话，先生。然后她说：'行啊，'接着忽然开始打哈欠，说，'哦，还是不要了，太累了。'接着她放下听筒，开始换衣服了。"

"她要的那个号码呢？你还记得吗？想想，这可能很重要。"

"很抱歉，我想不起来了，先生。是个维多利亚区的号码，我就记得这么多了。你知道，我并没有留意这个。"

"她上床之前有没有吃过什么，或者是喝点什么？"

"一杯热牛奶，先生，和往常一样。"

"谁煮的？"

"是我，先生。"

"昨晚再没有人来过吗？"

"没有了，先生。"

"那白天的时候呢？"

"就我记得，没有人来过了，先生。亚当斯小姐出去吃的午饭，还有下午茶。她到六点钟回来的。"

"牛奶是什么时候送来的？我是说她昨晚喝的牛奶。"

"她喝的是新鲜牛奶，先生。下午送过来的。送奶的小伙子是四点放在门口的。不过，哎，先生，我可以肯定牛奶是不会有问题的。我今天早茶自己也喝了。医生肯定地说她是自己吃了那些可怕的东西。"

"有可能是我想错了，"波洛说，"是的，有可能是我完全搞错了。我想见见那个医生。但是你要知道，亚当斯小姐是有仇人的。在美国，情形可是非常不同——"

他停顿了一下，还好我们的艾丽丝马上上钩了。

"啊！我知道的，先生。我读到过，芝加哥还有枪手之类的。真是个可怕的国家，那些警察能做些什么，我都没法想象。肯定不会像我们的警察这样。"

波洛很感激地就此停止了问话，他明白艾丽丝·本内特所具有的那种狭隘的岛民心理，不用再费口舌给她解释什么了。

他的目光落到了一个小皮箱上——或者说更像是一个小皮包，放在椅子上。

"亚当斯小姐昨晚出门的时候带着它吗？"

"上午她是带着的，先生。下午茶回来的时候没带，但是晚上回来的时候又带回来了。"

"哦！我能打开它吗？"

艾丽丝·本内特会允许波洛做任何事。和大多数小心而多疑的女性一样，只要你让她克服了怀疑，她们就会像孩子一样容易操纵。现在波洛建议什么她都会同意的。

皮包没有锁，波洛打开了它。我上前一步，从他肩膀上看过去。

"看到没有，黑斯廷斯，你看到没有？"他激动地低声说。

皮包里的东西显然能说明很多事情。

里面有一包化妆用品，有两件东西我认出来了，是鞋垫，那种放在鞋里可以增高一两英寸的鞋垫。有一副灰色的手套包在纸巾里，还有一顶做工精致的金色假发，正是简·威尔金森的那种发色，也像她的头发那样在中间分开，在后面有一些发卷。

"现在还怀疑吗，黑斯廷斯？"波洛问。

我承认，在这一刻之前我都是有怀疑的。但是现在我再也没有疑心了。

波洛合上皮包，转身面对女仆。

"你知道亚当斯小姐昨晚是和谁一起吃的晚餐吗？"

"不知道，先生。"

"那么你知道她是和谁吃的午餐或者下午茶吗？"

"下午茶我是一点都不知道，先生。不过午餐我想应该是和德赖弗小姐。"

"德赖弗小姐？"

"是的，她的好朋友。她在莫弗特街有一个帽店，就在邦德街旁边，叫詹妮薇芙。"

波洛在小本上记下这个地址，就写在医生的信息下面。

"还有一件事，女士。你还记不记得亚当斯小姐在六点回来之后说过或者说做过什么事情——任何事情都行——让你觉得和平时有些什么不同，或者是有些特别的？"

那位女仆想了一会儿。

"我真是想不出什么，先生。"她最后说道，"我问她要不要点茶，她说她已经喝过了。"

"哦！她说她已经喝过了。"波洛打断了她的话，"对不起。请继续。"

"之后她就开始写信，一直到她再次出门的时候。"

"信？嗯，你知道是写给哪些人的吗？"

"是的，先生。其实只是一封信——给她在华盛顿的妹妹。她每周给她妹妹写两封信。她通常自己把信带出去寄掉，这样才赶得上班次。不过这次她忘了。"

"所以信还在这儿？"

"不在了，先生。我已经寄出去了。她昨晚在上床之前想起来了。我说我可以出去寄。再贴一张邮票，投到邮筒里面就可以了。"

"啊！邮局远吗？"

"不远，先生。邮局就在街转角的地方。"

"你出门的时候关上房门了吗？"

本内特瞪大了眼睛。

"没有，先生。我只是虚掩着——我出门去邮局的时候总是这样。"

波洛看起来想说什么——但是又忍住了。

"你想看看她吗，先生？"女仆眼含泪水说，"她看上去还是那么美。"

我们跟着她走进卧室。

卡洛塔·亚当斯看起来奇怪地平和，看起来比那晚在萨伏依饭店的时候更年轻，就像一个疲倦的睡着了的孩子。

站定低头望向她的时候，波洛的脸上有奇怪的表情。我看到他在胸前画了十字。

"我已经发下誓言，黑斯廷斯。"我们下楼的时候他说道。

我没有问他发了什么誓，但是我想我能猜到。

过了一两分钟，他说："至少有一件事我不再介怀。我根本救不了她。当我知道埃奇韦尔男爵的死讯时，她已经死了。这让我有些安慰。是的，这让我心中平静很多。"

第十章 珍妮·德赖弗

我们的下一步就是按照女仆给的地址去拜访那位医生。

一接触就发现他是个有些挑剔的老人,态度模棱两可。他倒是知道波洛这个人,现在见到真人,有些颇感荣幸的样子。

"我能为你做些什么呢,波洛先生?"他在客套一阵后才这样问道。

"大夫,今天早上你曾被邀请出诊,去给卡洛塔·亚当斯看病。"

"哦!是的,可怜的姑娘。是个聪明的女演员,我去看过两次她的表演。这样的结果真是太遗憾了。这姑娘为什么要服药?我真是想不明白。"

"这么说你是觉得她有服药的习惯?"

"是啊,从职业角度上来说,我是不该这么讲的。不管怎么说,她并没有用皮下注射的方式来用药。没有看到针孔的痕迹,很显然是口服的。女仆说她通常睡眠都很好,不过她又知道什么呢?我想她并不是每天都吃佛罗那,但是显然服用这种药已经有一段时间了。"

"为什么你会这么觉得?"

"因为这个。该死——我放到哪儿去了?"

他在一个小箱子里面找着什么。

"啊！在这儿呢。"

他拿出一个黑色的摩洛哥羊皮手袋。

"应该会有死因调查的，这很自然。我把这个拿过来了，这样女仆才不会乱动它。"

他打开手袋，拿出一个小小的金匣子，上头用宝石嵌着字母 C.A.。看起来是个很昂贵的装饰品。医生打开它，里面几乎被一种白色粉末塞满了。

"佛罗那。"他简洁地解释说，"现在再看看里面写着什么。"

在匣盖的里侧刻着这样的字：C.A. 巴黎 D. 敬赠 十一月十日 好梦。

"十一月十日。"波洛若有所思地说。

"没错，现在是六月了。那就是说她养成服这种药的习惯已经有至少六个月，而且这上面并没有说年份，也可能是十八个月或者两年半——甚至更长时间。"

"巴黎，D.。"波洛说着皱起了眉头。

"是的。让你想到了什么？说起这个，我还没问过你对这个案子的兴趣在哪儿。我想你一定有很好的理由。你是不是想知道她是不是自杀？这个嘛，我说不好。没人知道吧。根据女仆的说法，她昨天还好好的。这看起来是个意外，我想就是个意外。佛罗那是非常难掌握的东西。你可能吃很多也不会有事，也许只是一点点，结果却送了命。这个药的危险就在这里。我敢肯定他们的调查也会得出意外死亡的结论。这方面我恐怕是帮不上你什么了。"

"我可以检查一下亚当斯小姐的手袋吗？"

"当然，当然。"

波洛倒出手袋里的东西。里面有一块精致的手帕，角上绣着

C.M.A；一个粉扑、一支唇膏、一英镑纸钞和一些零钱，还有一副夹鼻眼镜。

波洛对最后一件东西很感兴趣。这副眼镜是金边的，看起来是挺严肃甚至有些学者派头的那种。

"奇怪了，"波洛说，"我倒是不知道亚当斯小姐还戴眼镜。也许是读书时才用的。"

医生把眼镜拿了起来。

"不，这是外出用的，"他很肯定地说，"度数还很深。戴这副眼镜的人一定相当近视。"

"你知不知道亚当斯小姐——"

"我以前没有给她看过病。有一次我被叫去看过女仆的手指，除此之外可以说从未去过那个套房。那次见到的亚当斯小姐肯定是没有戴眼镜的。"

波洛谢过医生之后我们便起身告辞了。

波洛满脸疑惑。

"我可能是想错了。"他承认道。

"关于假扮简的事情？"

"不，不。在我看来这一点是已经证实了。不，我说的是关于她的死。很明显她自己是有佛罗那的。有可能她昨晚累得筋疲力尽，所以决定吃点药好好睡一觉。"

他忽然停了下来，一动不动——这把周围的路人吓了一跳。他用力地用一只手拍打着另一只手。

"不，不，不，不！"他用劲地说，"为什么这个意外发生得这么恰到好处？这不是意外。这不是自杀。不，她完成了事件中的一个角色，恰恰是为自己签下了死亡证书。选择佛罗那只是因为有人知道她偶尔会用这种药，知道她有那个装药的匣子。不过,如果是这样,凶手一定是某个和她很熟悉的人。那个D又是谁呢,黑斯廷斯?我愿意付出任何代价知道这个D是谁。"

"波洛,"看到他的脑子还是被占得满满的,我说,"我们还是继续走吧,大家都盯着我们呢。"

"嗯?哦,也许你说得对。只管看吧,这妨碍不到我什么。这一点点都不会干扰到我的脑子。"

"大家都快要笑你了。"我低声说。

"这不重要。"

我倒是不太同意。我很厌恶做出任何惹人注目的事情。唯一让波洛感到烦心的是湿度或者热度,那可能影响到他那撇著名的小胡子。

"我们还是叫辆出租车吧。"波洛说着挥动着手杖。

一辆车停住了,波洛吩咐司机去莫弗特街的詹妮薇芙。

詹妮薇芙是这样一种小店——楼下的玻璃橱窗里摆着一顶难以形容的帽子和披肩,真正营业的地方是在上一层,穿过霉味很重的楼梯之后才能到达。

我们上了楼梯,看到写着"詹妮薇芙请由此进"字样的门,遵照这一指示走进去,是一间堆满了帽子的小屋,一个身材高大的金发美人走过来,有些疑惑地看着波洛。

"德赖弗小姐?"波洛发问了。

"我不知道老板娘现在能不能见你。你有什么事?"

"请转告德赖弗小姐,亚当斯小姐的一位朋友想见她。"

金发美人甚至不用专门去跑一趟。黑色的丝绒帘子被猛地掀起来,一位身材娇小,头发火红的女人走了出来。

"什么事?"她问道。

"你是德赖弗小姐?"

"是的,卡洛塔怎么了?"

"你已经听到那个不幸的消息了?"

"什么不幸的消息?"

"亚当斯小姐昨晚在睡梦中去世了。服用佛罗那过量。"

女孩的两眼瞪得大大的。

"太可怕了!"她叫道,"可怜的卡洛塔。我简直不敢相信。她是怎么了?昨天还活蹦乱跳的。"

"很遗憾这是真的,小姐。"波洛说道,"说起来——现在刚刚一点钟。我想请你赏光,同我,以及我的朋友一起去吃午餐。我有些问题想问你。"

这女孩上下打量着他。她是个不太好惹的女人,某些方面让我想起了那种叫猎狐梗的猎犬。

"你是谁?"她忽然问道。

"我叫赫尔克里·波洛。这位是我的朋友黑斯廷斯上尉。"

我躬身致意。

她的目光在我们两人之间游移。

"我听说过你,"她一点也不客气地说,"我去。"

她叫住那个金发女郎:"多萝西?"

"什么事,珍妮?"

"莱斯特夫人等一下会过来看她定做的那顶罗斯·德斯卡特斯款。你给她试试各种羽毛。待会儿见,我希望不会太久。"

她拿起一顶黑色的小帽子,歪戴在一边,匆匆扑了点粉,然后望着波洛。

"走吧。"她忽然地说。

五分钟之后,我们坐在了多弗街的一间小餐厅里。波洛向侍者点了菜,我们面前已经摆上了鸡尾酒。

"那么,"珍妮·德赖弗说,"我想知道到底是怎么了。卡洛塔究竟出了什么事?"

"那么她之前是出过什么事儿呢,小姐?"

"现在是谁来提问题?你还是我?"

"我觉得应该是我来问。"波洛笑着说,"我听说你和亚当斯小姐是很好的朋友?"

"是的。"

"那么,小姐,我想请你接受我郑重的保证。我现在所做的一切都是为了你死去的朋友,我向你保证事实就是如此。"

珍妮·德赖弗沉默了片刻,考虑着这段话。最后她迅速地点点头表示同意。

"我相信你。继续问吧,你想知道些什么?"

"小姐,我听说你的朋友昨天是和你一起吃的午餐。"

"是的。"

"她有没有告诉你她晚上准备做什么?"

"她没有明确地说是昨晚。"

"但她确实说了点什么?"

"是这样,她提到一件事,也许是你想知道的。不过你要注意,她是当作秘密告诉我的。"

"这个我明白。"

"那让我理清思路。我想最好还是用我自己的话来说。"

"只要你愿意,小姐。"

"是这样,卡洛塔很兴奋。她并不是常常会这么兴奋,她不是那样的人。她不肯明确地告诉我是什么事,说是向人保证过不会说出去,但是确实有什么事情。就我的感觉,应该是个挺大的恶作剧。"

"恶作剧?"

"她是这么说来着。她没有说怎么做、什么时候或者是在哪儿。只是——"她停了一下,皱起了眉头,"是这样,你要知道,卡洛塔并不是喜欢开玩笑搞恶作剧的那种人。她是个认真,心眼好,工作勤勉的姑娘。我想说的是,显然是有人鼓动她去参与这件事。我想——她并没有这么说,你需要注意这点——"

"不,不,我完全明白。你认为是怎样的呢?"

"我想——我很确信——这事多多少少和钱有关系。除了钱,卡洛塔几乎不会真的为什么事情感到兴奋。她就是这样的人。她是我认识的人当中最有生意头脑的。她不会这么兴奋开心,除非是因为钱——而且是一大笔钱。我的感觉是,她在和什么人打赌——而且她很肯定自己能赢。不过也不一定是这样,我的意思是,卡洛塔从不打赌。我从没听说她打过什么赌。不过,不管怎么说,我肯定这事和钱有关。"

"她并没有明确地这么说?"

"没——没有。只是说她将来要怎样怎样。她说要把妹妹从美国接过来,在巴黎会面。她很爱她妹妹。她妹妹非常秀气,我想,很有音乐天赋。行了,我所知道的就是这些了。这些是你想知道的吗?"

波洛点点头。

"是的。这可以证实我的想法。我得承认,其实我希望你能告诉我更多。我想过亚当斯小姐可能会严守秘密,但是我还是指望,作为一个女人,她可能会觉得向最好的朋友说点儿什么并不算是泄露秘密。"

"我倒是想让她告诉我,"珍妮承认道,"但是她只是大笑,说总有一天会告诉我的。"

波洛沉默了一小会儿，然后说道："你知道埃奇韦尔男爵这个名字吗？"

"什么？那个被谋杀的人？半个钟头前在一张报纸号外上看到过。"

"那好。那你知道亚当斯小姐是否认识他吗？"

"我想是不认识的。我很肯定她不认识。哦！等等。"

"怎么了，小姐？"波洛急切地说。

"我想想，是什么来着？"她紧皱着眉头努力回忆着，"是的，想起来了。她提过他一次，非常怨恨地。"

"怨恨地？"

"是的。她是说——什么来着？——像这样的男人不应该凭他们的残忍和缺乏谅解毁了别人的一生。她说——是的，是这么说来着——他是那种死了也许对所有人都是件好事的人。"

"她是什么时候说的这话呢，小姐？"

"哦，大概是一个月之前，我想是这样。"

"是怎么说到这个话题的？"

珍妮·德赖弗绞尽脑汁想了一会儿，最后还是摇了摇头。

"我想不起来了。"她说道，"他的名字就这么冒出来了，可能是在报纸上。不管怎样，我还记得我当时想，卡洛塔又不认识这人，提起他来却这么激动，倒是有点奇怪。"

"确实有点奇怪。"波洛若有所思地表示同意。他又接着问道："你知道亚当斯小姐是否有服用佛罗那的习惯吗？"

"据我所知没有。我从没见过她吃过，也没有听她说起服用这个药。"

"你有没有在她包里见过一个小小的金匣子，上面有宝石嵌着的 C.A. 字样？"

"小金匣子——没有，我肯定没有见过。"

"那你知不知道去年十一月的时候亚当斯小姐在哪儿？"

"让我想想。她去年十一月回了美国，我记得——是在月底的时候。在那之前她是在巴黎。"

"一个人吗？"

"当然是一个人！对不起——可能你并不是那个意思。我不知道为什么一说到巴黎，大家都会往最坏的事情上想。其实那儿真是一个很好、很高尚的地方。但是卡洛塔并不是喜欢周末出游的那种人，如果你是想说这个的话。"

"小姐，那么现在我要问你一个非常重要的问题。亚当斯小姐有没有对某个男人有特别的兴趣？"

"这个问题的答案是'没有'。"珍妮一字一顿地说，"卡洛塔，从我认识她开始就总是忙于她的工作和那个娇弱的妹妹。她那种'我是一家之主，全家都靠我'的自觉非常强烈。所以答案是没有——严格地说。"

"哦！那么不严格地说呢？"

"如果说——我是说最近——卡洛塔开始对某个男人发生兴趣，我倒也不会太奇怪。"

"哦！"

"还是得提醒你，这完全是我单方面的猜测。我只是从她的态度上这么琢磨。她有些——不同了——也不算是在做梦，但是有些恍神的样子。她看起来也有些不同，某种程度上。哎，我也解释不清楚。这是那种其他女人能够感觉出来的事情——当然，也有可能我完全是错的。"

波洛点点头。

"谢谢你，小姐。还有一个问题。亚当斯小姐有没有什么朋友的名字缩写是 D？"

"D，"珍妮·德赖弗仔细地想着，"D？真抱歉，我想不出有这么一个人。"

第十一章 自我主义者

我不认为波洛想过会有别的什么答案，不过他还是失望地摇了摇头，陷入沉思。珍妮·德赖弗两肘抵着桌子，身体向前倾。

"那么现在，"她说，"你是不是应该告诉我点什么？"

"小姐，"波洛说，"首先容我夸赞你几句。你的回答非常理智。很明显，小姐，你是一个有头脑的人。你问我是不是应该告诉你点什么。我的回答是——可以说的并不多。小姐，我能告诉你的只有几件简单的事实。"

他停顿了一下，然后镇定地继续。"昨天晚上埃奇韦尔男爵被人谋杀在他的书房。晚上十点的时候一名自称是埃奇韦尔男爵夫人的女士要求见男爵，而我相信这个女人就是你的朋友亚当斯小姐。她戴着金色的假发，装扮得和真正的埃奇韦尔男爵夫人很相像，后者你大概也知道，就是女演员简·威尔金森小姐。假定那个人就是亚当斯小姐，那么她只待了几分钟。她在十点过五分的时候离开了那所房子，但是直到午夜才回到家。她上床，服用了过量的佛罗那。现在，小姐，你也许能够明白为什么我会问那些问题了。"

珍妮深深地吸了一口气。

"是的。"她说，"我明白了。我相信你是对的，波洛先生。我是说关于那人就是卡洛塔的猜测。有一件事可以做参考，她昨天在我这儿买了一顶新帽子。"

"一顶新帽子?"

"是的。她说她想要一顶能遮住左边脸的。"

因为不知道我所写的这些话会在什么时候被人读到,所以我必须插几句来解释一下。我所在的这个时代有很多不同风格的帽子——有一种钟形的帽子能够把脸完全遮住,可以让人放弃辨认出自己朋友的打算;有一种帽檐儿前倾,有一种则是若有似无地贴在脑后,还有贝雷帽等等风格。在这一年的六月,最流行的是一种看起来像倒扣着的汤盘,斜斜地固定在一侧耳朵上方的帽子,就好像是吸附在头上,另一边的脸和头发就这么露在外面。

"这种帽子通常是戴在右边的?"波洛问道。

年轻的老板娘点点头。

"不过我们也准备了几顶戴在另外一边的。"她解释说,"因为有些人更喜欢露出自己的右侧脸,或者习惯只把头发分到这一边。那么,卡洛塔想把自己的左边脸遮挡起来是有什么特别的理由吗?"

我想起摄政门男爵府邸的大门是向左边打开的,这样任何人走进去时,左边都会在管家的视线下。我还记起简·威尔金森(是在之前那晚留意到的)的左眼角上有一颗小小的痣。

我很兴奋地把这些想法说了出来。波洛表示同意,用力地点着头。

"就是这样,就是这样的。你的判断力很好,黑斯廷斯。是的,这就解释了她买这顶帽子的原因。"

"波洛先生?"珍妮忽然坐直了身体。"你不会——哪怕只是那么一小会儿——认为是卡洛塔做的吧?我是说,杀人。你不会是这么想的吧?不能仅仅因为她说过几句怨恨的话。"

"我不这么认为。但这还是很奇怪——我是说,她说这些话。我很想知道这背后的原因。他到底做了什么——或者说她知道些什么事情让她说出了那样的话。"

"我不知道——但是她肯定没有杀他。她是——天哪!她是——怎么说呢——那么明智的一个人。"

波洛赞同地点点头。

"是的,是的。你说得很对。这是一个心理上的问题,我同意。这是一起很科学的命案——但手段并不是明智的。"

"科学?"

"凶手很清楚地知道该刺入哪儿才能破坏致命的神经中枢,也就是头骨底部和脊髓相连接的地方。"

"听起来像是一个医生。"珍妮若有所思地说。

"亚当斯小姐认识什么医生吗?我是说,有没有什么医生是她的朋友?"

珍妮摇摇头。

"没听说过。至少在这儿是没有的。"

"还有一个问题。亚当斯小姐戴不戴夹鼻眼镜?"

"眼镜?不戴。"

"啊!"波洛的眉头皱了起来。

我的脑海浮现出这样一个影像。一名医生,闻起来有苯酚的味道,近视眼,戴着度数很深的眼镜。太可笑了!

"顺便再问一句,亚当斯小姐认识布赖恩·马丁吗?那个电影明星。"

"哦,认识。她从小就认识他了,她是这么跟我说的。不过我想他们并不是经常见面,只是偶尔而已。她跟我说过,她觉得这个人很自负。"

她看了看表,立刻叫了出来。

"天哪,我得赶紧走了。波洛先生,我说的这些对你有用吗?"

"很有用。以后我还会请你帮忙的。"

"愿意效劳。有人设下了这样恶毒的计谋,我们必须查出来到底是谁。"

她匆匆与我们握手告别,忽然笑了一下,露出洁白的牙齿,带着那种特有的直率态度离开了我们。

"有趣的人。"波洛结账时说道。

"我挺喜欢她。"我说。

"认识一个头脑敏捷的人总是件开心的事。"

"做派有些硬朗,也许。"我又想起了一点,"朋友的死甚至没有让她太难过,起码不像我想象中那样。"

"她不是那种爱哭哭啼啼的女人,当然了。"波洛冷冷地表示赞同。

"这次会面问到你想知道的东西了吗?"

他摇摇头。

"没有。我原以为——我非常希望——能够得到D这个人身份的一点线索,那个送给她金匣子的人。可惜没有找到。遗憾的是,卡洛塔·亚当斯是个谨慎的女孩。她不喜欢讨论自己的朋友或者是可能的恋情。另一方面来说,那个建议搞恶作剧的人可能根本不是她的朋友。可能只是偶尔认识的某个人提出来——当然是出于'好玩'来搞个恶作剧——付钱请她帮忙。这个人也许是看到了她随身带着的金匣子,然后找机会看到了里面是什么东西。"

"但是他们究竟是如何让她服下药的呢?而且,是在什么时间?"

"这个嘛,有那么一段时间房间的门是打开的——就是女仆出去寄信的时候。倒不是说这个解释能让我满意,毕竟这样太靠运气了。但是现在——我们开始工作吧,还有两个可能的线索。"

"哪两个?"

"第一个是她打给那个维多利亚区号码的电话。在我看来,很有可能是卡洛塔·亚当斯在回家之后打过去汇报行动成功。另一方面,从十点过十分一直到午夜,她到底在哪儿?她很有可能是和那个恶作剧的主使者见面了。这样的话,这个电话可能就只是打给一个朋友。"

"那么第二个线索呢?"

"啊!这个我抱了很大的希望。那封信,黑斯廷斯。写给她妹妹的那封信。有可能——我只是说有可能——她在那封信里描述了整件事。既然那封信要在一周之后才会被读到,而且是在另外一个国家,她可能不会把这个当做违反了约定。"

"如果真是这样就太奇妙了。"

"我们倒也不能抱太大希望,黑斯廷斯。有这么个机会,仅此而已。不说这个了,现在我们必须从另一个方向着手了。"

"你说的另一个方向是什么意思?"

"仔细研究一下,哪些人会从埃奇韦尔男爵的死中获得哪怕是一点点好处。"

我耸了耸肩。

"除了他的侄儿和太太——"

"还有那个他太太打算嫁的人。"波洛补充道。

"公爵?他可是在巴黎。"

"的确如此。但是你不能否认他也是利益相关方。还有那些住在那个宅子里的人——管家,仆人等等。谁知道他们对男爵有些什么怨恨?不过我琢磨,我们首先要做的是找简·威尔金森女士再进一步谈谈。她很精明,也许能提供些资料。"

我们再次来到了萨伏依饭店,只看到男爵夫人被一堆包装盒和包装纸围着,每把椅子的椅背上都搭着精致的黑色服饰。简正在穿衣镜前全神贯注,面色严肃地试戴另一顶小巧的黑色帽子。

"是你啊,波洛先生。请坐。我是说,如果还有地方可以坐的话。埃利斯,清理一下东西,好吗?"

"夫人,你看起来很迷人。"

简严肃地看着我们。

"波洛先生,我并不喜欢搞得道貌岸然。但是一个人还是得注意外表,你不觉得吗?我是说,我想我得谨慎点才行。啊,对了!我接到公爵发过来的一封非常亲切的电报。"

"从巴黎发来的?"

"是的,从巴黎。措辞很小心,这是自然,看起来是表示哀悼,但是我能从字里行间体会出他的意思。"

"我向你道贺,夫人。"

"波洛先生,"她轻轻拍了拍手,放低了沙哑的嗓音。她看上去就像是一位就要吐露圣洁心意的天使一样,"我一直在想,这一切看上去是那么奇妙,你知道我的意思。你看我——所有的烦恼都没有了。没有了离婚的难题,没有了麻烦。我的路上已经毫无障碍,一帆风顺。我几乎就要变成一个虔诚的信徒了——你明白我的意思。"

我屏住呼吸。波洛看着她,头向一边歪过去。她看起来是很认真的。

"你是这么想的吗，夫人？嗯？"

"发生的事情都对我有利。"简有些畏惧地低声说，"我之前想过，之后也想过多次——如果埃奇韦尔男爵死了就好了。结果——他就死了！简直——简直就像是在应验我的祷告。"

波洛清了清嗓子。

"对这件事，我可不能说和你的看法一致，夫人。有人杀害了你的丈夫。"

她点点头。"是啊，那又怎样呢？"

"难道你就没有想过要知道这个人是谁？"

她瞪着他说："有什么关系吗？我是说——这和我的事有什么关系？公爵和我再过四五个月就可以结婚了……"

波洛就快控制不住自己了。

"是的，夫人，这个我知道。但是除了这个，你难道没有想过问问自己，到底是谁杀了你的丈夫？"

"没有。"她似乎对波洛的说法感到有些意外。我们能看出她正在考虑这一点。

"你就没有兴趣知道？"波洛问道。

"我得说，不是很有兴趣。"她承认，"我想警察总归会查出来的。他们很聪明，不是吗？"

"据说是这样。我本人，也会把查明真相视作自己的责任。"

"你？这太有趣了！"

"有趣在哪里？"

"好吧，我是不知道啦。"她的目光又回到了衣服上。她披上一件缎子上装，在穿衣镜里仔细端详自己。

"你不反对吧，嗯？"波洛说道，眨着眼睛。

"为什么？当然不反对，波洛先生。我真的希望你把聪明才智都用到查这件案子上。我希望你马到成功。"

"夫人——我希望从你这儿得到的不止祝福而已。我需要你的看法。"

"看法?"简心不在焉地说,一边扭过头向后看,"对什么的?"

"你觉得谁有可能杀害埃奇韦尔男爵?"

简摇摇头说:"我一点都不知道。"

她试着扭动肩膀从各个角度看看衣服是不是合适,手上拿着一面小镜子左右观察。

"夫人!"波洛一字一顿地大声说,"你觉得是谁杀害了你的丈夫?"

这一次简总算注意到了,向波洛投来吃惊的目光。"杰拉尔丁,我想是吧。"她说。

"谁是杰拉尔丁?"

不过简的注意力又跑到别的地方了。

"埃利斯,右边肩膀上帮我提一提。所以,你说什么来着,波洛先生?杰拉尔丁是他的女儿。不,埃利斯,右边肩膀。这样好多了。哦!波洛先生,你要走了吗?我真是非常感激你做的一切。我是说,离婚的事情,虽然说到底其实没有必要了。我将永远记得你有多么好。"

在那之后我只见过简·威尔金森两次。一次是在舞台上,一次是在一个午宴上坐在她对面。我一见到她就会想起她现在的样子:全身心投注到衣着上,口里漫不经心地吐出几句话,害得波洛必须连续追问,她的注意力却只是牢固而且愉悦地放在她自己身上。

"还真是了不起。"我们走到河岸街的时候,波洛简直是带着佩服之意说道。

第十二章 女儿

我们回到住所时有一封看起来是专门派人送来的信放在桌上。波洛拿起来,以惯常的整齐习惯把它打开,然后大笑了起来。

"那句话怎么说的——'一提名字,人就到了'?看看这个,黑斯廷斯。"

我从他手中接过信。

信纸上有摄政门十七号的戳,笔迹是那种看上去似乎容易读,但是很奇怪地难以辨认的端正的手写体。

亲爱的先生:

听说你和警督先生今早曾到舍下。很遗憾没有机会和你交谈。如果你方便的话,请在今天午后任何时候光临一叙,不胜感激。

杰拉尔丁·马什敬上

"奇怪,"我说,"不知道为什么她会想见你?"

"你觉得她要见我是件很奇怪的事情?我的朋友,你可不太礼貌啊。"

波洛这个在不适当的时候开玩笑的习惯还真是让人恼火。

"我们马上就去,我的朋友。"他说,一边温柔地拂去帽子上那些想象中的灰尘,然后重新戴回头上。

简·威尔金森漫不经心地说杰拉尔丁可能杀害自己的父亲,这在我看来是很荒谬的。只有那些根本没有脑子的人才会这么觉得。我把这些想法都告诉了波洛。

"脑子,脑子。我们说这个词的时候到底是指什么呢?按你的话来说,简·威尔金森有着和兔子一样的脑子,这是一种轻视。但是想想兔子这种东西吧。它们一直存在而且不断繁衍,难道不是吗?这在自然界就是一种精神优越的象征。可爱的埃奇韦尔男爵夫人不懂历史,也不明白地理,可能也不知道什么经典著作。说起老子这个名字,她可能会认为是某种得过奖的北京狮子狗;莫里哀呢,应该是高级女装店。但是如果说到挑选衣服,嫁给有钱人,或者是按自己的心意得到一切——她的成功是毋庸置疑的。在谁杀害了埃奇韦尔男爵这件事上,哲学家的意见对我没什么用——从哲学家的角度来看,谋杀的动机应该是为了大多数人的最大利益。但是埃奇韦尔男爵夫人无心的看法却可能是最有用的,因为她看问题的角度总是物质化的,根据她对人性最丑恶一面的了解而选定。"

"也许这其中确实有道理。"我承认。

"我们到了。"波洛说,"我很想知道,为什么这位年轻的女士这么着急想要见我。"

"这是很自然的愿望,"我也回过神来了,"你在不久前刚刚说过,想在近处看某个独特的东西是很自然的愿望。"

"说不定是你,我的朋友。也许是你那天给她留下了很深的印象。"波洛一边回应我一边按响了门铃。

我想起了那天一脸惊恐地站在房门口的女孩。我仿佛能看见苍白面孔上漆黑的眼睛。那匆匆的一瞥给我留下了非常深的印象。

我们被领到楼上的一间大客厅，不一会儿杰拉尔丁·马什走了进来。

我见过的那种紧张神情，这次似乎更加严重了。这个女孩身材修长消瘦，面色苍白，大大的眼睛令人无法忘怀，是个非常引人注目的人物。

她外表非常平静——考虑到她是这样年轻，这显得更加不寻常。

"波洛先生，你能马上过来真是太好了。"她说，"很抱歉，今天上午没能见到你。"

"你当时正在休息？"

"是的。卡罗尔小姐——我父亲的秘书，你见过的——坚持让我躺下。她一直对我非常好。"

女孩说话时有一种奇怪的怨气，让我觉得有些迷惑。

"那么小姐，我可以帮你什么忙呢？"波洛问道。

她犹豫了一下，然后接着说："我父亲被杀的前一天你曾来见过他？"

"是的，小姐。"

"为什么呢？是他——叫你来的？"

波洛没有马上回答。他看起来在考虑什么事情。现在回想起来，这种姿态也是在他精明的计算之中。他是想鼓励她继续说下去。他发现了，她是那种没什么耐心的人，恨不得马上就得到想要的任何东西。

"他是在害怕什么吗？告诉我，告诉我。我必须知道。他是在害怕谁？为什么？他对你说了些什么？哦！你为什么不说话呢？"

我早就觉得那种强作的镇定不太自然，果然她很快就崩溃了。她的身体前倾，双手在膝盖上方不停地扭动。

"我和埃奇韦尔男爵之间的谈话是应该保密的。"波洛慢悠悠地说。

他的视线一直没有离开她的脸。

"那么这应该是有关——我是说，一定是有关——我的家庭了。唉！你坐在那儿真是折磨我。为什么就不能告诉我呢？我有必要知道，这是有必要的，你是知道的。"

波洛再一次慢慢地摇着头，摆出十分困惑，以至于有些苦恼的样子。

"波洛先生，"她忽然振作了起来，"我是他的女儿，我有权知道——我有权知道我父亲在死的前一天到底在害怕什么。对我隐瞒这些事情是不公平的，不告诉我真相——对他也是不公平的。"

"那么，你很爱你的父亲了，小姐？"波洛温和地发问了。

她像是被刺到一样往后一缩。

"爱他？"她低声说，"很爱他。我——我——"

她一直保持的自我控制忽然就瓦解了，放声大笑起来。她仰倒在椅子里笑得停不下来。

"太可笑了，"她喘着气说道，"真是太有趣了——居然会被人这么问。"

歇斯底里的笑声并非没人听到。门打开，卡罗尔小姐走了进来。她还是那么坚定、干练。

"好了，好了，杰拉尔丁，亲爱的，这样不好。停下，停下，嘘。停下。不，停下来。我是认真的，立即停下！"

她坚定的态度终于还是生效了。杰拉尔丁的笑声小了下来。

她擦了擦眼睛,坐直身体。

"对不起,"她低声说,"我以前从未这样过。"

卡罗尔小姐还是焦虑地看着她。

"我已经好了,卡罗尔小姐。这真是蠢透了。"

她忽然笑了笑,这有些奇怪的苦笑扭曲了她的嘴角。她在椅子上坐得非常端正,眼睛并没有看着任何人。

"他问我,"她用冰冷清晰的语调说道,"我是不是很爱我的父亲。"

卡罗尔小姐嗓子里发出一种不好形容的声音,好像是表示有些犹豫不决。杰拉尔丁提高声音略带嘲讽地继续说:"我不知道是该说谎呢还是讲真话?我想还是真话好了,我不爱我的父亲。我恨他。"

"杰拉尔丁啊,亲爱的。"

"为什么要假装呢?你不恨他是因为他不会惹到你。你是这世上少数几个他招惹不到的人。你只是把他看作一个每年付不少钱的雇主。他的怒气,他的怪异在你看来都是无所谓的——你可以完全无视它们。我知道你会怎么说,'每个人都得忍受点什么东西'。你是乐观的,对这些无所谓。你是个非常坚强的女人,甚至算得上不通人情。而且不管怎样,你随时可以离开这里。可我不能,我属于这个地方。"

"真的,杰拉尔丁,我不认为有必要说这些。父亲和女儿总是有些合不来。但是我总觉得,生活中还是说得越少越好。"

杰拉尔丁背过身不再理她。她开始对波洛说话。

"波洛先生,我恨我的父亲。我很高兴他死掉了。这对我来说意味着自由——自由,独立。我对找到凶手没有一点兴趣。对我们而言,杀死他的那个人一定有很多理由——充分的理由——

来证明他是该死的。"

波洛若有所思地看着她。

"小姐，这样的原则是非常危险的。"

"再绞死一个人就能让我父亲起死回生吗？"

"不，"波洛冷冷地说，"但是这可以使其他无辜的人不再被杀害。"

"我不明白。"

"小姐，一个杀过人的人，几乎总是会再杀人——有些时候是会一再动手的。"

"我不相信。不——一个真正的人不会这样的。"

"你的意思是——不会疯狂到去杀人的正常人？但是，这是真的。已经夺去第一条人命——也许是在这凶手与自己的良心激烈斗争之后。接着呢——危险会威胁到他——第二次杀人在道德上就容易太多了。第三次呢，只要有一点点怀疑危险正在靠近，就可以动手。渐渐地，杀人甚至成了一种带有艺术自豪感的事情——一种专门的技能。到最后，他几乎会为了乐趣而杀人。"

女孩双手掩住面孔。

"可怕，太可怕了，这不会是真的。"

"如果我告诉你这已经发生了呢？只是为了保护自己——凶手已经再次下手了。"

"什么？波洛先生！"卡罗尔小姐叫出声来，"又一起谋杀？在哪儿？是谁？"

波洛温和地摇摇头。

"只是举例而已。请原谅。"

"哦！明白了。我还以为是真的呢——那么现在，杰拉尔丁，如果那些无聊的话都已经说完了——"

"我看出来了,你是站在我这边的。"波洛说着,微微躬身致意。

"我不支持死刑。"卡罗尔小姐轻快地说,"不然我一定会站在你这一边。社会治安必须有人来维持。"

杰拉尔丁站起身,把头发向后理了理。

"很抱歉。"她说,"我刚才的样子一定很傻。你还是不肯告诉我为什么我父亲会找你过来吗?"

"找他?"卡罗尔小姐惊讶。

"你误会了,马什小姐。我不是不肯告诉你。"波洛现在是不得不说实话了,"我只是在考虑,那次的谈话应该被保密到什么程度。你父亲并没有叫我来。我是代表一个当事人主动约他见面的。那位当事人就是埃奇韦尔男爵夫人。"

"啊!我明白了。"

女孩脸上流露出一种很特别的表情。我开始以为是失望,然后发现其实是放下了心。

"我真是太傻了。"她慢慢地说,"我以为父亲可能是感觉到自己有危险。这真是太傻了。"

"你知道吗?波洛先生,你刚才真是吓了我一跳。"卡罗尔小姐说,"当你说那个女人已经犯下了第二起命案的时候。"

波洛没有回她的话。他继续对那个女孩说。

"小姐,你认为埃奇韦尔男爵夫人会犯下命案吗?"

她摇了摇头。

"不,我不这么想。我无法想象她会做出这样的事情。她太过——怎么说呢?虚假。"

"我想不出还有什么别的人会做这事,"卡罗尔小姐说,"而且我不认为那种女人有任何道德感可言。"

"不一定是她。"杰拉尔丁争辩道,"她可能只是过来见见他就走了,真正的凶手可能是某个之后才出现的疯子。"

"所有杀人犯都是精神不健全的——这一点我很肯定,"卡罗尔小姐说道,"是内分泌的问题。"

正在这时,门打开了,走进来一位男士——然后窘迫地停在了那儿。

"对不起,"他说,"我不知道有人在这儿。"

杰拉尔丁机械地给我们互相介绍。

"这是我堂兄,埃奇韦尔男爵。这是波洛先生。没事的,罗纳德,你没有打扰到什么。"

"真的吗,黛娜①?你好啊,波洛先生。你是不是正在为我们这个特别的家庭神秘事件开动脑细胞呢?"

我极力想要记起在哪儿见过这个人。那张愉悦但是空洞的圆脸,眼睛下面有轻微的眼袋,还有那一撮小胡子,像是被困在脸中间的孤岛。

没错!这就是简·威尔金森在套房发起晚餐会的那一晚,卡洛塔·亚当斯的男伴。

罗纳德·马什上尉,现在的埃奇韦尔男爵。

---

①杰拉尔丁的昵称。

第十三章 侄儿

新任的埃奇韦尔男爵眼睛很尖,他注意到了我看他时略有些吃惊的表情。

"啊!你认出我了,"他和蔼地说,"在简婶婶的晚餐会上。我那天多喝了几杯,是不是?但是我想别人大概看不出来。"

波洛正在同杰拉尔丁·马什以及卡罗尔小姐道别。

"我跟你们一起下去。"罗纳德爽朗地说。

他领着我们下楼,边走边说着话。

"真是奇怪的事情——这人生。头一天刚被踢出大门,第二天就成了这宅子的主人。你知道,我那故去也无人怀念的叔叔把我赶了出去,大概三年前。我想你是了解这一切的,波洛先生。"

"我确实听人提过这件事情——是的。"波洛镇定地回答。

"自然啊。这种事情一定会被人挖出来。合格的侦探不可能错过。"

他咧嘴笑了笑,然后打开了通往餐厅的门。

"喝一杯再走吧。"

波洛谢绝了。我也一样。但是这个年轻人给自己调了一杯酒,然后继续说下去。

"为这起命案干一杯。"他兴高采烈地说,"只是短短一夜之间,我就从债主们的眼中刺变成了商户们争取的对象。昨天还是穷困潦倒，今天已经腰缠万贯。上帝保佑简婶婶。"

他一口喝干那杯酒，然后态度稍有些变化，对波洛开口。

"不过说真的，波洛先生，你这是在做什么？四天之前简婶婶还在演戏一样宣扬'谁能帮我除掉这个蛮横的暴君？'现在这事情马上就解决了。应该不是你代办的吧，我希望如此。完美的犯罪，前名侦探赫尔克里·波洛亲自下手。"

波洛笑了一下。

"我下午过来是因为杰拉尔丁·马什小姐写了封信让我过来。"

"谨慎的回答，不是吗？哦，波洛先生，你到底在这儿做什么呢？不管是什么原因，你对我叔叔的死显得很有兴趣。"

"我对命案一向都是有兴趣的，埃奇韦尔男爵。"

"但是你不会去杀人，你是个谨慎的人。你应该教简婶婶如何谨慎从事才对。小心，加上点伪装。请原谅我叫她简婶婶，我觉得这样挺有趣。你还记得那一晚我这么称呼她的时候，那张毫无表情的脸吗？她根本不知道我是谁。"

"真的如此？"

"没错。在她出现之前三个月，我已经被赶走了。"他脸上那种天性纯良的傻劲忽然消失了一阵，然后又轻松地继续说下去了，"漂亮的女人。但是不够细致，手法可以说有些粗糙，不是吗？"

波洛耸了耸肩。

"有这个可能。"

罗纳德好奇地看着他。

"我想你还是觉得不是她干的。看来她把你也迷倒了，不是吗？"

"我对美丽向来是推崇的。"波洛平静地说,"但是对另一件东西也是如此——证据。"

说到最后这个词的时候,波洛非常镇定。

"证据?"另一个人就不太冷静了。

"你可能还不知道,埃奇韦尔男爵。昨晚被认为应该是在这儿的时候,男爵夫人其实正在齐西克参加一个晚会。"

罗纳德骂了一句。

"原来她还是去了!果然是个女人!六点钟的时候她还在抱怨这事儿,说无论如何都不会去的。我估计不出十分钟她就改了主意。计划一次谋杀的时候永远不要指望一个女人会做她声称要做的事情。再怎么周全的谋杀计划都会出问题,就是这个原因。不,波洛先生,我可不是自证其罪。哈,是的,别以为我不知道你在想什么。谁是那个顺理成章的嫌疑犯?人人都知道的,那个不务正业的坏侄子。"

他靠在椅子上咯咯笑着。

"我是在帮你省下脑子啊,波洛先生。不用费神去调查简婶婶说她绝对、绝对、绝对不出门的时候我是不是在附近什么的。我在这儿。那你就会想了,是不是这个坏侄子昨晚顶着假发、戴着巴黎帽出现在这儿?"

他看起来很享受这个情形,边说边观察着我们两个人。波洛的头微微倾向一边,也在仔细地打量着他。我倒是感觉很不自在。

"我是有动机的——啊!是的,动机我认下了。那么,我想给你一条非常有价值、非常重要的情报当作礼物。昨天上午我去找过我叔叔。为什么?要钱。是的,尽管高兴吧。去要钱,结果还是空手而归。就在那晚——同一天的晚上——埃奇韦尔男爵死了。说起来，这是个挺好的标题。埃奇韦尔男爵死了①。放在书摊上挺不错的。"

他停了下来。波洛还是什么都没说。

"波洛先生，你还在用心听着，真是让我受宠若惊。黑斯廷斯上尉活像是见到了鬼——或者是马上就要碰到一个了。别紧张，我的朋友。耐心等待反高潮的部分吧。对啊，说到哪儿了？啊！是了，那个坏侄子的问题。罪名就要被栽到那个被憎恶的婶婶头上了；曾经以模仿女性角色而被称道的侄子，终于达到了自己戏剧生涯的巅峰。他捏着女人的声音宣称自己是埃奇韦尔男爵夫人，模仿着女性的姿态从管家身边走过。没有人起疑心。'简！'我敬爱的叔叔叫着；'乔治！'我尖声回应，伸出胳膊拽住他的脖子，准确地用刀插了进去。之后的细节就完全是医学上的了，就此略去不谈。伪装的女人离去。这一天算是大功告成，可以安心睡觉了。"

他大笑着站起身，又给自己倒了一杯威士忌加苏打水，然后慢慢走回座位旁。

"计划很成功，不是吗？但是你看，我们就要说到这事中纠结的部分了。失望！被欺瞒之后的恼人情绪。但是首先，波洛先生，我们来说说不在场证明。"

他将酒一饮而尽。

"我一直觉得不在场证明是很有趣的。"他说道，"我读侦探小说的时候总是废寝忘食，每当不在场证明出现时都会特别留意。这是个挺不错的不在场证明，证人就有三人之多。更明确地说，多塞默先生、多塞默夫人和多塞默小姐，都非常有钱，热

---

①本书的英文原名直译即为"埃奇韦尔男爵死了"。

爱音乐。他们一家在科文特加登皇家剧院有个包厢，经常邀请有望继承爵位的年轻人同往。波洛先生，我也是一个有望承袭爵位的年轻人——差不多就是那么一个，怎么说呢，他们希望找到的人。我喜欢歌剧吗？实话说，不喜欢。但是我喜欢格罗夫诺广场上好的晚餐，也挺喜欢在那之后去别的什么地方吃一顿好的消夜，即使我不得不陪着蕾切尔·多塞默跳一曲舞，累得两天都抬不起胳膊。所以事情是这样，波洛先生，这就是我的证明了。当叔叔的生命之血喷涌而出的时候，我正在科文特加登皇家剧院的包厢里，在白皙的（恕我直言，她其实有点黑）蕾切尔用钻石装点的耳边低声细语些毫无意义的事情。她长长的犹太鼻子激动得颤动着。现在你应该看出来了，波洛先生，我为什么能够直言不讳了。"

他又靠回了椅子里。

"希望没有让你厌烦。有什么问题想问吗？"

"我可以向你保证，我一点也没有感到厌烦。"波洛说道，"既然你这么愿意帮忙，我有一个小小的问题想问问。"

"乐意效劳。"

"埃奇韦尔男爵，你认识卡洛塔·亚当斯小姐有多久了？"

不管有什么计划，显然这个年轻人并没有料到这个问题。他猛地坐起来，脸上的表情又截然不同了。

"你到底为什么想知道这个？这和我们正在谈的事情有什么关系？"

"我只是好奇，仅此而已。而且，你已经把该说的都说得清清楚楚，我也没有什么必要问更多了。"

罗纳德迅速瞥了波洛一眼，看起来对波洛把他的说法全盘接受颇感失望。我是觉得，他更希望波洛表现得疑心重重。

"卡洛塔·亚当斯？让我想想。大概有一年了。可能稍微长点。应该是在去年她首次登台的时候认识的。"

"你跟她很熟？"

"算是很熟了。她不是那种可以和人关系非常密切的女人。有些谨慎吧，可以这么说。"

"不过你很喜欢她？"

罗纳德望着他。

"我想知道你为什么对这位女士这么感兴趣。是不是因为那晚我和她一起出现？是的，我非常喜欢她。她很有同情心——用心听人说话，让你觉得自己还有点价值。"

波洛点点头。

"这个我明白。那么，你应该会感到悲伤了。"

"悲伤？悲伤什么？"

"她已经死了。"

"什么？"罗纳德惊讶得跳了起来，"卡洛塔死了？"

他似乎被这个消息吓呆了。

"别开玩笑了，波洛先生。我上次见到她的时候她还好好的。"

"是什么时候的事？"波洛立即问道。

"前天吧，我想。我记不清了。"

"不管怎么说，她确实是死了。"

"这实在是太突然了。是怎么回事儿？车祸吗？"

波洛望着天花板。

"不。她服用了过量的佛罗那。"

"天哪！这真是……可怜的孩子，多么悲惨的事情啊。"

"难道不是吗？"

"听到这事儿真让人难过。她本来一切都好好的。她还打算把她的妹妹接过来,未来的规划都做好了。他妈的,真是难过到我没法说的地步。"

"是的,"波洛说,"年纪轻轻的,人生正在面前展开,还有太多事情值得留恋——在根本不会愿意死去的时候忽然就这样死去,实在是糟糕。"

罗纳德好奇地看着他。

"我不太明白你的意思,波洛先生。"

"不明白?"

波洛站起来伸出手。

"我就是说说我的想法——可能有点过了。可能是因为我不喜欢看到年轻人被剥夺了生存的权利,埃奇韦尔男爵。这就是我的想法——我非常强烈地这么认为。祝你一天顺利。"

"哦——呃——再见。"

他露出了很迷惑的样子。

我开门的时候几乎和卡罗尔小姐撞到了一起。

"哦,波洛先生,他们说你还没有走。如果可以,我想和你说几句话。不介意的话,可以到我的房间吗?"

我们走进她的卧室,她关上房门之后才说:"是关于那个孩子的,杰拉尔丁。"

"怎么了,女士?"

"她下午说了不少傻话。你先不要反驳我。是的,就是傻话,我这么说是因为确实是这样。她一直不太开心。"

"我看得出,她好像是有些过度紧张的样子。"波洛温和地说。

"是这样——说实话——她的人生并不快乐。不,没人能假装说她是快乐的。坦率地说,波洛先生,埃奇韦尔男爵是个挺古怪的人——他不是那种对抚育子女有任何兴趣的人。直白地说,他让杰拉尔丁感到恐惧。"

波洛点点头。

"是的,我可以想象得到。"

"他就是个古怪的人。他——我不知道该怎么说——喜欢看到别人惧怕他。好像能给他一种病态的快感。"

"是这样。"

"他是个非常博学的人,相当聪明。但是在某些方面——该怎么说呢,我是没有直接遇到过他的那一面,但都是真的。我对他的太太离开他并不感到奇怪,我是说这一任太太。我并不喜欢她,这个得说清楚。我对这个年轻的女人没有偏见,但是嫁给埃奇韦尔男爵确实让她得到了一切,远比她应该得到的更多。用大家的说法,她离开他是毫发无损的。但是杰拉尔丁没办法就这么脱身。有很长一段时间他都完全忘记她了,然后呢,忽然一下,又想起来了。我常想啊——也许我不该说出来——"

"说吧,女士,继续说。"

"好吧,我常想他是不是在用这种方式报复她母亲——他的第一任妻子。她是个温柔的人,我觉得,举止优雅。我一直替她感到难过。其实我不该提起这些,波洛先生,如果不是因为杰拉尔丁刚才忽然犯傻,我是不会说这些的。她所说的——关于恨她父亲的那个部分——在不了解内情的人听来,可能会觉得很怪异。"

"非常感谢你,女士。我想,埃奇韦尔男爵要是不结婚会更好。"

"会好很多。"

"他从没有想过结第三次婚吗?"

"怎么可能?他太太还活着呢。"

"他打算给她自由,也算是给了自己自由。"

"按过去的经历来看,两任太太已经足够麻烦了。"卡罗尔小姐冷冷地说。

"所以你觉得并不存在第三次婚姻的问题?没有什么人选吗?想一想,女士。一个都没有?"

卡罗尔小姐的脸涨红了。

"我不明白你反复说这一点是什么意思。当然不存在这样一个人。"

第十四章 五个问题

"你为什么会问起卡罗尔小姐关于埃奇韦尔男爵会不会再次结婚的问题?"在乘车回家的路上,我有些好奇地问。

"我的朋友,我只是忽然想起有这么一种可能。"

"什么可能?"

"我一直在想,埃奇韦尔男爵忽然完全地改变对离婚这个事情的态度,应该怎么解释?这多少有些古怪,我的朋友。"

"是的。"我思考着说,"确实相当古怪。"

"你看,黑斯廷斯,埃奇韦尔男爵证实了他太太告诉我们的事情。她找了各种律师,但是他一步也没有退让。不,他不会同意离婚的。但是忽然之间,他就这么让步了。"

"或者说,他只是这么说而已。"我提醒他。

"说得没错,黑斯廷斯。你刚刚说的完全是可能的。他只是说说。不管怎么样,我们没有证据证明他写过那封信。那么,总归有些部分这位先生是说了谎。出于某种原因,他对我们说了些捏造、夸张的东西。是不是这样?为什么这样,我们也不知道。但是,假设他确实写了那封信,那么他这么做一定有一个原因。能想象的最显而易见的原因就是他忽然遇到了一个他很想娶的人。这可以完美地解释他为什么忽然改变态度。所以,很自然地,我得问清楚。"

"卡罗尔小姐很坚决地否定了这个想法。"我说。

"是的，卡罗尔小姐……"波洛用一种沉思的声音说。

"你究竟想说什么？"我有些恼火地问道。

波洛是个用语调来暗示怀疑的好手。

"她会有什么理由在这件事上说谎？"我问道。

"没有——确实没有。但是你要知道，黑斯廷斯，我们很难相信她提出的证据。"

"你觉得她在说谎？但是为什么呢？她看起来是个很正直的人。"

"就是因为这样。有意的欺骗和无心地做出不太准确的表述，这中间的差别有时候是非常难区分的。"

"你的意思是？"

"有意的欺骗是一回事。但是对事实、想法和主要的真相非常有把握，以至于觉得细节不再重要——这个，我的朋友，是特别正直的那些人共有的一个特点。你要记住，她已经对我们说过一次谎了。她说她亲眼看到简·威尔金森的面孔，但实际上她不可能看到。为什么会这样呢？不如这么看这件事。她自上往下看到简·威尔金森站在大厅里，脑中丝毫没有怀疑这是不是简·威尔金森，她确信这人就是。她说自己清楚地看到了她的脸，那是因为她对事实如此确信，细枝末节的事情根本不重要。事实摆在面前，她根本不可能看到简·威尔金森的脸，对不对？但是，她有没有看到那张脸有什么关系？她确信那个人就是简·威尔金森。其他的事情也是一样。她觉得自己知道，那么她的回答都是根据自己的想法来的，而不是她所见的真相。对那些言之凿凿的证人应该总是以怀疑的态度对待，我的朋友。那些记不太清而不是很肯定的证人，因为不肯定，所以会思考一会儿——啊！对了，事情是这样的——这样的回答才更加可靠。"

"我的天哪，波洛。"我说，"你算是把我之前对证人的想法全部推翻了。"

"在回答我关于埃奇韦尔男爵会不会再婚的问题时，她觉得这个提法很可笑——这只是因为她从未考虑过这个情况，也就不会费心去想想是不是有过迹象暗示了这种可能。所以我们问过她之后，其实也没有知道更多。"

"当你指出她不可能看到简·威尔金森的脸时，她似乎一点也不吃惊。"我回想起来了。

"没错，也就是那时，我确定她是那种正直但是不准确的证人，而不是一个有意说谎的人。我看不出她有什么故意说谎的动机，除非——真的，这倒是一个想法。"

"怎么说？"我急切地问。

但是波洛摇了摇头。

"只是忽然出现了一个想法，但是太不可能了——是的，太不可能了。"

然后他就不愿再多说了。

"她看起来很喜欢那个女孩。"我说。

"是的。在我们谈话的时候她显然是想帮上忙的。黑斯廷斯，你对那位可敬的杰拉尔丁·马什小姐是什么样的印象？"

"我很同情她——深深地同情她。"

"你总是那么心软，黑斯廷斯。美人落难总是会让你感到悲伤。"

"难道你不这么觉得？"

他严肃地点点头。

"是的，她的生活并不幸福。这非常明显地写在她脸上。"

"无论如何，"我热心地说，"你应该看出简·威尔金森的说法有多么荒谬了——我是说，她说那女孩和这案子有关。"

"毫无疑问的是，她的不在场证明不会有问题，但是杰普到现在也没有和我谈过这一点。"

"我亲爱的波洛——你是想说，即使是和她见过、谈过之后，你还是不太满意，一定要有一个不在场的证明？"

"嗯，我的朋友，我们与她见过、谈过之后又怎么样呢？我们知道她过得非常不幸，她承认憎恨她的父亲，甚至对他的死很高兴；她对他昨天上午对我们说过些什么非常不安。经过这样的谈话之后，你还觉得不在场的证据并不是必要的？"

"她坦率的态度可以证明她的清白。"我热切地说。

"坦率可以算是这个家庭的特点了。新的埃奇韦尔男爵——也有那种把一切都摆在台面上的态度。"

"他确实是这么干了。"我想起之前的情形，笑着说，"相当有独创性的做法。"

波洛点点头。

"他——你的那个说法是什么来着？——把我们的路都挖断了。"

"是堵死了。"我纠正他说，"是的——让我们显得挺傻的。"

"这个想法很奇怪。你可能看起来傻乎乎的，但我一点儿都不觉得自己是傻瓜，也不觉得我看起来傻过。恰恰相反，我的朋友，我倒是将了他一军。"

"有吗？"我怀疑地说，一点儿也想不起有过这样的情节。

"当然，当然。我听——只是听着，到了最后提出一个完全不相干的问题，这个你可能已经注意到了，我们那位勇敢的朋友不知所措了。黑斯廷斯，你根本没有观察啊。"

"我觉得他听到卡洛塔·亚当斯死亡的消息时那种恐慌和惊讶的情绪是真实的。"我说,"我想你可能会说那只是非常精彩的演出。"

"这个不可能分辨出来。我同意,看起来确实很真实。"

"你觉得他为什么会用那么愤世嫉俗的方式把所有的事实都倒给我们?只是为了好玩?"

"总是有这个可能。你们英国人吧,都有那种最异乎寻常的幽默感。但也可能是个手段。被隐瞒的事实总是有令人起疑的重要性;被坦率公布的真相,反而会让人低估了它们真实的价值。"

"比如说,那天上午和他叔叔之间的争吵?"

"没错。他知道这件事情一定会被泄露出去,那么不如张扬一下。"

"他并不像表面看起来那么傻。"

"哈!他可是一点都不傻。他要是动脑筋的话,还是足够聪明的。他清楚地看明白了自己的处境,就像我说的,他直接摊牌了。你会打桥牌,黑斯廷斯,告诉我,什么情况下会这样做。"

"你自己也打桥牌的,"我大笑着说,"你很清楚——当你确信能拿下剩下所有的墩,打算省下时间开始新一局的时候,就可以摊牌了。"

"是的,我的朋友,就是这种情况。但偶尔也会有其他的原因。我在和女士们打牌时看到过一两次,不过也可能不完全是这样。当时的情况呢,是某位女士把牌都亮出来,然后说,'剩下的牌都是我的了',接着动手把牌收起来,再开始发牌。有可能其他人就这么同意了——特别是在他们不是很有经验的情况下。你要注意,这个过程并不是那么一目了然,必须事后追究一下才能搞清楚。下一局打到一半的时候,某个牌手会想,'对啊,不过不管她要不要,应该都得拿下明手的那张方片四,那么她必须再打一张梅花,而我的梅花九应该就能拿下一墩了。'"

"那你怎么想?"

"我想啊,黑斯廷斯,过于虚张声势是一件非常有趣的事情。我还觉得现在该是我们吃饭的时间了。来个煎蛋卷,怎么样?吃完之后,九点左右,我还得去个地方。"

"去哪儿?"

"先吃饭,黑斯廷斯。到喝咖啡之前,我们都不要继续讨论这起案子了。吃饭的时候,大脑应该伺候好我们的肠胃。"

波洛总是言出必行。我们去了苏活区一间小餐馆,他是那儿的常客。我们吃了一份美味的煎蛋卷,一碟比目鱼,一盘鸡肉和一块波洛非常喜欢的巴巴朗姆酒蛋糕。

这之后,边喝着咖啡,波洛边隔着桌子对我亲切地微笑。

"我的老朋友,"他说,"我对你的依赖远比你想象得要多。"

我被这意外的话搞得有些迷惑,同时也很高兴。他之前从没对我说过类似的话。有时候,私下里,我有种受伤害的感觉。他对我智力上的轻视算得上呼之欲出了。

虽然我不认为他的头脑正在变得迟钝,但是我确实是忽然间意识到,可能他对我的帮助的依赖比他自己所知道的要多一些。

"是的。"他像是梦呓一般说,"你也许常常不明白到底是怎么回事——但是你确实经常为我指明方向。"

我简直不敢相信自己的耳朵。

"说真的,波洛,"我结结巴巴地说,"我真是高兴极了,我想不管怎么说,我总归是从你那儿学到了些东西——"

他摇摇头。

"不是,并不是这样。你什么都没有学到。"

"哦?!"我相当吃惊地说。

"这其实是理所当然的。没有人应该从另一个人那儿学东西。每一个人都应该尽力锻炼自己的能力,而不是试图模仿其他人。我可不希望你成为第二个波洛,而且是略次一点的波洛。我希望你成为一个最高等的黑斯廷斯。而且,你已经是一个最高等的黑斯廷斯了。黑斯廷斯,在你身上我可以看到正常头脑应有的表现。"

"我并不是不正常的,希望如此。"我说。

"不,不。你的头脑非常均衡,几乎完美。你就是健全精神的化身。你知道这对我意味着什么吗?当罪犯要开始犯罪的时候,他的第一步就是欺骗。他会想要欺骗什么人?在他脑海中的形象应该就是一个正常人。也许实际上并没有这么一回事——这是一个数学上的抽象概念,但是你已经尽可能地把这个概念具象化了。有时候会有那么一刹那,你有超乎一般人智慧的表现,有时候(希望你能原谅我这么说)你会很奇怪地在愚昧这个方向陷入很深。但是大体上来说,你正常得令人惊讶。那么,我是如何从中受益的?很简单。就像在镜子里一样,我可以在你的脑子里精确地看到那个罪犯想让我相信的事情。这非常有用,非常有参考价值。"

我不是很明白。在我看来,波洛说的这些根本算不上是恭维。不过他很快打消了我的这种印象。

"我表达得很糟糕。"他很快说,"你对犯罪心理有一种洞察力,这是我没有的东西。你向我展示了罪犯希望我相信的东西。这是很伟大的天赋。"

"洞察力。"我若有所思地说,"是吧,可能我是有洞察力的。"

我看着桌子对面的波洛,他正在吸着那根小小的烟卷,一边很恳切地打量着我。

"我亲爱的黑斯廷斯,"他低声说,"我实在很喜欢你。"

我很高兴,但也觉得有些尴尬,赶紧转变了话题。

"来吧,"我一本正经地说,"我们还是讨论这个案子吧。"

"那好。"波洛头往后一仰,眼睛眯了起来。他慢慢地喷出一口烟。"我就问自己几个问题好了。"

"什么?"我急切地说。

"你也有问题,毫无疑问吧?"

"当然。"我也把头往后仰,眯着眼睛说,"是谁杀了埃奇韦尔男爵?"

波洛马上坐正,拼命摇头。

"不,不。根本不是这种问题。你是想问这个?你像是那种看侦探小说时把里面的每个人物都轮流当做凶手考虑,但是从不想想有什么迹象或者是理由的人。有一次,我得承认,我不得不这么做了。那是一件很特殊的案子,将来有时间我会讲给你听。那也算是我值得夸耀的功绩之一。不过,我们刚才说到哪儿了?"

"说到你想问自己几个问题。"我淡淡地回应。我觉得自己对于波洛的真正用处就是陪着他,让他有个炫耀的对象。这话差点脱口而出,不过我还是忍住了。既然他喜欢指导别人,就由着他好了。

"来吧,"我说,"说来听听。"

这正是他需要的那种虚荣。他再次把身体往后仰,恢复了之前的态度。

"第一个问题我们已经讨论过了。为什么埃奇韦尔男爵会在离婚这件事情上改变主意？对此我有一两个想法，其中一个你也知道了。

"我想问自己的第二个问题是，那封信到底怎么了？埃奇韦尔男爵和他的太太继续被婚姻捆在一起，到底对谁有利？

"第三，昨天上午我们离开他书房时，你回头看到的那个表情到底有什么含义？你对这个问题有什么想法吗，黑斯廷斯？"

我摇摇头。

"我不明白。"

"你可以肯定那不是出于你的想象？黑斯廷斯，有时候你的想象力是很丰富的。"

"不，不。"我用力地摇头，"我很确信没有看错。"

"那好。那么这就是尚待解释的事实。我的第四个问题是关于那副夹鼻眼镜的。无论是简·威尔金森还是卡洛塔·亚当斯都不戴眼镜。那么，为什么这副眼镜会出现在卡洛塔·亚当斯的手袋里？

"至于我的第五个问题——为什么会有人打电话来确认简·威尔金森是不是在齐西克，这个人又是谁呢？

"这些，我的朋友，就是我用来折磨自己的问题了。如果我能解答这些问题，应该会开心很多。甚至可以说，只要我能推导出一个理论来合理地解释这些疑问，我的自尊心也不会感到那么难过了。"

"还有些别的问题。"我说。

"比如？"

"谁唆使卡洛塔·亚当斯参与这个恶作剧的？那晚十点之前和之后她分别在什么地方？给她金匣子的那个D又是谁？"

"这些问题都是可以自证的。"波洛说，"这些问题并没有什么微妙之处,只是些我们还不知道的事情。这些是和事实有关的问题,可能随时都能得到答案。而我列出的那些问题,我的朋友,是心理层面的。大脑的那些灰质细胞——"

"波洛!"我不顾一切地打断他。我觉得无论如何都应该阻止他继续,我没办法忍受再次听到这个理论了。"你不是说过还有个地方要去吗?"

波洛看了一下自己的表。

"没错。"他说,"我先打个电话,看看是不是方便。"

他起身离开,几分钟之后又回来了。

"来吧,"他说,"安排好了。"

"我们去哪儿?"我问道。

"去蒙塔古·康纳爵士在齐西克的府邸。我想多知道一些关于那通电话的事情。"

第十五章 蒙塔古·康纳爵士

我们到达蒙塔古·康纳爵士在齐西克河边的居所时大约是十点钟。这是一座带有宽阔庭院的大宅。我们被带进一个装饰精美的大厅。右手边,透过一扇开着的门可以看到餐厅,长长的餐桌打磨得锃亮,上面摆着点亮的烛台。

"请这边走。"

管家带着我们走上宽大的楼梯,来到二楼一间可以俯瞰河流的长形房间。

"赫尔克里·波洛先生。"管家这么通报着。

这是一间比例分割得很讲究的房间,电灯都细心搭配了灯罩,故而显得幽暗,有一种旧世界的氛围。房间的一角摆着桥牌桌,靠近敞开的窗户,围坐着四个正在打牌的人。我们走进去的时候,其中一人站起身走向我们。

"波洛先生,有机会见到你真是荣幸之至。"

我颇有兴趣地看着蒙塔古·康纳爵士。他有一副明显的犹太面孔,小小的黑眼睛显得很精明,头上的假发打理得很仔细。他个子很矮——最多五英尺八英寸。他的态度可以说是彻头彻尾的矫揉造作。

"请允许我向你介绍,这是威德伯恩先生和威德伯恩夫人。"

"我们见过面的。"威德伯恩夫人爽朗地说。

"这位是罗斯先生。"

罗斯是个大约二十二岁的年轻人,有一张悦人的面孔和深色的头发。

"打扰各位玩牌了,万分抱歉。"波洛说。

"一点儿也没有。我们还没有开始,刚准备发牌而已。喝点咖啡吗,波洛先生?"

波洛谢绝了,不过同意来一杯陈年的白兰地。仆人用大的高脚杯给我们端上了酒。

我们喝着酒,蒙塔古爵士继续说话。他谈到了日本的版画,中国的漆器,波斯的地毯,法国的印象派画家,现代音乐以及爱因斯坦的理论。

然后,他靠在椅背上,温和地对着我们微笑,显然很享受自己的演出。昏暗的灯光下,他看起来就像是中古时代的某种精灵。室中四周的陈设处处彰显出主人的艺术和文化品位。

"那么,蒙塔古爵士,"波洛说道,"我不想太过叨扰,就直接说明来意好了。"

蒙塔古爵士将他那奇怪的,猫爪似的手挥动了一下。

"不用着急,时间多的是。"

"在这儿的人都能感受到这一点,"威德伯恩夫人感慨地说,"太妙了。"

"给我一百万英镑我也不愿意住在伦敦。"蒙塔古爵士说,"在这儿可以享受旧世界宁静的气氛——唉,现在这种喧杂的年头,大家都已经把它忘到脑后了。"

我忽然有一个顽皮的念头:如果真的有人愿意给蒙塔古爵士一百万英镑,这旧世界的宁静应该也可以见鬼去了。不过我强压住了这个略有些邪恶的想法。

"钱到底算什么呢?"威德伯恩夫人呢喃道。

"嗯!"威德伯恩先生若有所思地说,一边漫不经心地把裤袋里面的几个硬币摩擦得发出了声音。

"查尔斯!"威德伯恩夫人责备地说。

"对不起。"威德伯恩先生说着,马上停止了动作。

"在这样一个环境里讨论犯罪,怎么说呢,我觉得,真是不可饶恕。"波洛略带歉意地开口了。

"这没什么,"蒙塔古爵士优雅地摆了摆手,"犯罪可以成为一件艺术品,侦探也可以是一名艺术家。我所指的并不是警察,这是显然的。有名警探今天来过,奇怪的家伙。比方说,他居然从没有听过本韦努托·切利尼①。"

"他是为了简·威尔金森的事情而来吧,我猜。"威德伯恩夫人马上感到好奇了。

"男爵夫人昨晚幸好是在你府上。"波洛说道。

"看起来是这样。"蒙塔古爵士说,"我邀请她过来是听说她是位美人,而且多才多艺。我希望能帮上她一点什么。她正在考虑转向幕后。但是看起来命中注定,我是要以别的什么方式对她大有用处。"

"简的运气很好。"威德伯恩夫人说,"她急着要摆脱埃奇韦尔男爵,结果就有人下手了,帮她省了麻烦。现在她就要嫁给那个年轻的默顿公爵了。每个人都这么说,他母亲简直要气疯了。"

"我对她的印象很好,"蒙塔古爵士和蔼地说,"她对希腊艺术发表了不少很有见地的评价。"

想到简·威尔金森用她那带有魔力的低哑声音说着"是啊",

---

① 本韦努托·切利尼(Benvenuto Cellini,1500—1571),意大利文艺复兴时期的金匠、画家、雕塑家、战士、音乐家。

"不是吧","真的啊？太了不起了"之类的话，我心中暗自好笑。对蒙塔古爵士这类人来说，所谓聪明的意思就是以恰如其分的注意力，恭恭敬敬地倾听他的言语。

"不管从哪个方面来说，埃奇韦尔男爵都是个古怪的人。"威德伯恩先生说，"我敢说他一定有那么几个死敌。"

"是真的吗，波洛先生？"威德伯恩夫人问道，"听说是有人用一把小刀刺入了他的脑后。"

"是真的，夫人。手法干净利落——可以称得上很科学。"

"波洛先生，我注意到你的艺术趣味了。"蒙塔古爵士说。

"那么，现在，"波洛说道，"就让我说说这次拜访的目的。听说埃奇韦尔男爵夫人在参加晚宴期间曾被请去接电话。我这次造访就是要搞清楚有关那个电话的一些事情。也许你能允许我就这件事问你的用人几个问题。"

"当然了，当然了。罗斯，请按一下那个铃，好吗？"

管家应声而入。他是个高大的中年人，看起来有些牧师的感觉。

蒙塔古爵士吩咐了几句。管家转向波洛，很有礼貌地等待他问话。

"电话铃响起的时候是谁接的？"波洛开始发问了。

"是我亲自接的，先生。电话放在通往大厅的过道里。"

"打电话的人是说要找埃奇韦尔男爵夫人还是简·威尔金森小姐？"

"是找埃奇韦尔男爵夫人，先生。"

"那边的原话是什么？"

管家回想了片刻。

"我记得是这样的，先生。我说'你好'，那边有个声音问是不是齐西克四三四三四号,我回说'是的'。接着那边让我等一等,然后另一个声音问是不是齐西克四三四三四号,等我又回答说'是的',那边便问:'埃奇韦尔男爵夫人是在这儿用餐吗?'我说男爵夫人是在这儿用餐,那个声音说:'请找一下她,谢谢。'我去餐桌边通报给男爵夫人,她起身跟我出来,我带她到电话旁边。"

"然后呢?"

"男爵夫人拿起听筒说:'你好——是哪位?'然后又说,'是的,是我,我是埃奇韦尔男爵夫人。'我正要离开,男爵夫人叫住我,说那边挂断了。她说有人大笑,然后就挂断了电话。她问我打过来的人有没有通报姓名。对方并没有说。事情就是这样了。"

波洛皱着眉。

"你真的觉得这通电话和谋杀有什么关系吗,波洛先生?"威德伯恩夫人问道。

"很难说,夫人。这只是个很奇怪的情况。"

"有时候有人打电话就是为了寻开心。我也遇到过这种事情。"

"总是有可能的,夫人。"

他又转向管家发问了。

"打电话过来的是男人的声音还是女人的声音?"

"我想是位女士,先生。"

"声音是怎样的?高还是低?"

"低,先生。很小心,也相当清晰。"他暂停了一下,"也许是我的想象,先生,但是听起来有些像是外国人。那个 R 的发音很重。"

"这么一说,可能是苏格兰口音呢,唐纳德。"威德伯恩夫人笑着对罗斯说。

罗斯也大笑起来。

"我是无辜的。"他说,"我当时在餐桌上。"

波洛又一次对管家开口了。

"你认为,"他问道,"如果再次听到那个声音,你能认出来吗?"

管家犹豫了一下。

"这我不敢说,先生。可能可以,我想我可能可以认出那个声音。"

"谢谢你,我的朋友。"

"谢谢你,先生。"

管家低头告退,始终保持着一个教士的派头。

蒙塔古·康纳爵士还是非常友善,继续扮演散发旧世界魅力的角色。他想劝我们留下打打桥牌,我婉拒了——赌注比我能负担的要大。年轻的罗斯看到有人接手,似乎也轻松了很多。其他四人开始玩牌,我和罗斯坐在一旁观战。那一晚就这么过去了,波洛和蒙塔古爵士最后赢了不少钱。

我们向主人道谢离开。罗斯也和我们一起走了出来。

"奇怪的人。"我们在夜色中步行时波洛说道。

那晚天气很好,我们决定继续走一会儿再拦出租车,而不是打电话叫车。

"是的,奇怪的人。"波洛又说了一遍。

"非常有钱的人。"罗斯颇有感触地说。

"我想是这样的。"

"他似乎对我很有好感。"罗斯说,"希望这能持久。有这样的人在后面支持很重要。"

"你是一名演员吗？罗斯先生？"

罗斯说他是。我们没有听说过他的名字，这似乎让他有些不开心。显然，他最近参演了一部翻译自俄国原作、情节悲戚的戏，而且赢得了不少好评。

等波洛和我想办法安抚了他的情绪之后，波洛像是不经意地问道："你认识卡洛塔·亚当斯，对吧？"

"不。我只是今晚在报纸上看到她的死讯。药物过量还是什么的，这些姑娘总是做些蠢事。"

"很悲伤，是的。不过她是个聪明人。"

"也许是吧。"

他显出那种除了自己，对其他人的表现都缺乏兴趣的样子。

"你看过她的演出吗？"我问道。

"没有。她那类表演和我这一行不太相同。现在好像很红，但是我想不会持久的。"

"啊！"波洛说道，"有辆出租车。"

他挥动着手杖。

"我想继续走走。"罗斯说，"我可以到哈默史密斯直接坐地铁回家。"

忽然，他紧张地笑了笑。

"挺奇怪的，"他说道，"昨天的晚宴。"

"怎么说？"

"我们一共有十三个人。有一位客人临时没有来，我们一直到晚宴快结束的时候才发现这一点。"

"谁最先离席的？"我问道。

他发出一种奇怪，略带紧张的咯咯笑声。

"是我。"他说。

第十六章 讨论

我们回到家的时候发现杰普正在等着我们。

"我还是想过来和你们聊几句再回去,波洛先生。"他很高兴地说。

"那么,我的朋友,进展如何了?"

"怎么说呢,不太顺利。这是事实。"

他看起来有些沮丧。

"波洛先生,有什么能帮到我的吗?"

"我有一两个想法愿意说给你听听。"波洛说。

"你和你的想法!你知道,某些方面来说你真是个怪人。不是说我不想听,我很想听。你那个形状古怪的脑袋里装了不少好东西。"

波洛有些冷淡地接受了这番恭维。

"关于出现两个男爵夫人的问题,你有没有什么想法——这是我想知道的。嗯,波洛先生,是怎么回事?她是谁?"

"这正是我想和你谈的事情。"

他首先问杰普有没有听过说卡洛塔·亚当斯。

"我听过这个名字。只是一时没办法对上号。"

波洛向他解释了一番。

"是她啊!专门模仿别人对不对?你怎么会想到是她?你找

到了些什么？"

波洛把我们进行的调查告诉他，也把我们的结论做了说明。

"天哪！看起来你是对的。衣服，帽子，手套，还有那顶金色的假发。是的，一定是这样了。我得说——你真是厉害啊，波洛先生。这活儿干得漂亮！倒不是说我觉得可以证明是有人杀了她灭口，这似乎是有点捕风捉影了。这一点上我和你的想法不一样。你的理论对我来说有点天马行空，我的经验比你丰富多了。我不相信幕后一定有黑手在操控这种解释。卡洛塔·亚当斯是那个女人没错，但是我认为还是有其他可能。她到那儿去有自己的目的——敲诈吧，也许是，因为她之前暗示自己会得到一笔钱。然后他们起了争执。他动手了，她也还手了，结果她把他杀了。之后呢，我想当她回到家之后就完全崩溃了。她并没有想过要杀人。我认为她是故意吃了过量的药，就这样一了百了。"

"你觉得这就可以解释所有的事情了？"

"怎么说呢，当然还有很多事情我们不知道。这是个不错的假设，可以作为出发点。另一个解释就是，这个恶作剧和谋杀之间没有任何关系，只是个该死的巧合。"

波洛不同意这个解释，我很了解这一点。但是他也只是不置可否地说："是啊，这也是有可能的。"

"要不然你听听这个怎么样？这个恶作剧只是为了好玩，有人听到了，觉得刚好可以利用起来。这个主意不坏吧？"他停顿一下，又继续说，"但是就个人而言，我还是喜欢第一个说法。至于男爵大人和这个姑娘之间有什么关系，我们总会想办法查出来的。"

波洛跟他说了那封女仆发出去，寄到美国的信，杰普也认为这可能对案情有很大帮助。

"我马上就去查查这个。"他说着，在小本子上记了下来。

"我之前觉得男爵夫人是凶手，是因为我想不出另外有可疑的人。"他把记事本收起来的时候说道，"至于现在嘛，马什上尉，现在的男爵大人，他的动机是再明显不过了，还有不良记录，穷困潦倒，财务面也是马马虎虎，甚至昨天上午还刚和他叔叔吵了一架。这个是他亲口告诉我的——这倒是显得阴谋意味更浓了。是的，他可能就是凶手。但是他昨晚有不在场的证明。他和多塞默一家在歌剧院。有钱的犹太佬，格罗夫诺广场。这个我已经查过了，真是那样。他和那一家人用了餐，去了剧院，然后去索布尼斯吃了晚饭。事情就是这样了。"

"那位小姐呢？"

"你是说男爵的女儿？她那晚也不在家，和一个叫卡休·韦斯特的人全家去吃饭。他们带她去了歌剧院，之后送她回家。她回到家时差一刻十二点。这应该洗清她的嫌疑了。那个秘书似乎也没问题——一个很能干，很体面的女人。接下来就是那个管家了。我不敢说喜欢这人，一个男人长成他这么好看不太自然。他总归有些不太对头的地方——他受雇于埃奇韦尔男爵的方式也有些奇怪。是的，我正在查他的事情。不过呢，我也看不出他有什么杀人动机。"

"没有什么新的发现了？"

"有的，一两件吧。很难说有什么含义。比如说，埃奇韦尔男爵的钥匙丢了。"

"大门的钥匙？"

"是的。"

"这倒是很有趣。"

"如我所说，可能意义重大，也可能无关紧要。看情形了。

在我看来，有点重要的是这个：埃奇韦尔男爵昨天兑现了一张支票——数目倒不是很大，其实只有一百英镑。他把钱换成了法郎——这是他兑支票的原因，他原本是今天去巴黎的。可是呢，那笔钱不见了。"

"谁告诉你这些的？"

"卡罗尔小姐。是她去兑的支票，换了钱。她跟我提起这事，然后我发现这钱没有了。"

"这些钱昨晚是放在哪儿的？"

"卡罗尔小姐也不知道。她大概在三点半把钱交给了埃奇韦尔男爵，放在一个银行的信封里。他当时在书房里，拿到钱就放在手边的桌子上了。"

"这倒是值得思考一下，可能让案情更复杂了。"

"也可能更简单了。顺便一说——那个伤口。"

"伤口怎么了？"

"医生说这伤口不是一般的小刀造成的。外形是很像，但是刀锋的样子不同，而且异常尖锐。"

"不是剃须刀？"

"不，不，要小很多。"

波洛皱起眉头苦苦思索。

"新的埃奇韦尔男爵对他的笑话好像很满意。"杰普说，"他似乎觉得被看做谋杀嫌疑犯是挺有趣的事情。他甚至想方设法让我们把他列为嫌疑犯，这事儿也挺古怪的。"

"也许是个聪明的手段。"

"更有可能是良心发现。他叔叔的死对他极其有利。对了，他已经搬到那幢宅子里了。"

"他之前住在哪儿？"

"圣乔治路，马丁街。不是个特别好的地方。"

"黑斯廷斯，请把这个记下来。"

虽然有些不解，我还是按他说的做了。如果说罗纳德已经搬到了摄政门，他之前的地址应该就没什么用了吧。

"我想就是那个叫亚当斯的女孩儿干的。"杰普说着站起身，"这事儿你干得真不错，波洛先生，居然查到了这个。但是呢，当然了，你喜欢去戏院找点消遣，你能碰到的事情对我来说没什么机会遇到。遗憾的是没有什么可见的动机，不过一点点深入挖掘就能知道了。希望如此。"

"还有一个有动机的人，你根本没有留心过。"波洛提醒他。

"是谁呢，先生？"

"那个据说要娶埃奇韦尔男爵夫人的先生。我是指默顿公爵。"

"是了。我想这是个动机。"杰普大笑起来，"但是处在他那个地位的人不太可能去犯下杀人罪。而且不管怎么说，他远在巴黎呢。"

"所以，你完全不把他视作嫌疑人？"

"怎么说呢，波洛先生，你会把他当真吗？"

于是，杰普一边为这个荒诞的想法而大笑着，一边告辞了。

第十七章 管家

第二天我们没有什么活动,杰普倒是忙得不亦乐乎。大概在下午茶的时间,他过来看我们了。

他气得满脸通红。

"我这次犯了大错。"

"不会的,我的朋友。"波洛安慰他说。

"是的,犯了错。我让那个(说到这儿,他忍不住用了脏字)——管家从手上溜了。"

"他不见了?"

"是的,逃掉了。让我觉得自己是个双料傻瓜,恨不得打自己几巴掌的是——我竟然没有特别怀疑过他。"

"冷静点——你先冷静一下。"

"说得轻松。你要是被总部一顿骂,也冷静不下来。啊!真是个狡猾的家伙。这不是他第一次跑掉了。他是个老手。"

杰普擦了擦前额,看起来痛苦得很。波洛发出表示同情的声音——像是老母鸡在下蛋。按照我对英国人的了解,我倒了一杯纯威士忌,兑上一点苏打,放到愁容满面的警督面前。他这才高兴了一点。

"行吧,"他说,"我还是冷静下来好。"

现在,他说起话来开始高兴一些了。

"就是现在我也不太肯定他就是凶手！当然，他就这么逃掉，看起来是有问题的，但是这其中可能有别的原因。你看，我已经开始调查他了。他好像和几个名声很糟的夜总会有牵扯。不是普通的往来，有些不寻常的、挺糟糕的勾当。事实上，他真不是个好东西。"

"话虽如此，这并不是说他就是个杀人犯。"

"没错啊！他可能是搞了些不法的勾当，但并不是说会杀人。不，我还是更相信是那个叫亚当斯的女孩干的。虽说我现在还没什么证据来证明这个。今天我派人去彻底检查了她的公寓，也没找到什么有用的东西。她是个挺谨慎的人，除了几封与合同相关的商函，没有留下什么信件。那些商函收得很整齐，都带着标签。有几封她妹妹从华盛顿寄来的信，内容看起来都是光明正大的。有一两件旧式珠宝——不是很新潮或贵重。她没有留下日记，护照和支票簿也没有什么有用的信息。他妈的，这姑娘看起来一点私生活都没有。"

"她是个性格保守的人。"波洛若有所思地说，"从我们的角度来看，这倒是挺遗憾的。"

"我和那个给她帮佣的女人谈过了，也没什么线索。我也去见过那个开帽店的女人了，似乎是她的朋友。"

"哦！你对德赖弗小姐怎么看？"

"她似乎是个挺聪明，头脑也蛮冷静的人，不过帮不上什么忙，这倒也没让我太意外。之前我追查过不少失踪的女孩，她们的家人和朋友总是说同样的话：'她是个开朗有爱心的人，没有男性朋友。'从来都不是真的，这完全不自然。女孩们总归会有男性朋友，如果没有，那才有问题。就是那些朋友和亲属们头脑不清的忠诚，才让侦探的日子这么难过。"

他停下喘了一口气,我又给他满上一杯。

"谢谢,黑斯廷斯上尉,再来一杯也好。怎么说呢,情况就是这样了。你不得不到处调查。和她一起用过餐、跳过舞的年轻人能有十来个,但也没什么事情能说明她和其中的哪个有更特别的关系。当中有新的埃奇韦尔男爵、那个电影明星布赖恩·马丁先生,还有其他几个人——没什么特别的,没什么突出的。你那种幕后有人操纵的想法不正确,我想你会发现她是独自行事的,波洛先生。我现在正着手寻找她和受害者之间的联系。这个关系是一定有的。我想我可能得去一趟巴黎。那个小金匣子上有巴黎的字样,已故的埃奇韦尔男爵去年秋天去过巴黎好几次,卡罗尔女士是这么说的——参加拍卖,买点古董。是的,我想我必须去巴黎一趟。死因调查庭是明天,看来得延后了。处理完这个,我就搭下午的船过去。"

"杰普,你还真是精力旺盛,我很羡慕。"

"是的,你是越来越懒了。你就坐在这儿想——你所谓的让脑细胞动起来。不行的,你得四处走走找线索,它们不会主动来看你的。"

这时,年轻的女仆打开了门。

"布赖恩·马丁先生求见,先生。你忙吗?还是现在就见他?"

"我先走了,波洛先生。"杰普站起身,"好像戏剧界的明星都来求教于你了。"

波洛谦逊地耸了耸肩,杰普大笑。

"你现在一定是个百万富翁了,波洛先生。这些钱打算怎么处置?存起来?"

"其实我是相当节俭的。说起怎么处置钱,埃奇韦尔男爵的钱都是怎么处理的？"

"那些没有指明去处的财产都留给了他的女儿。卡罗尔小姐有五百镑，再没有其他的遗赠了。很简单的遗嘱。"

"这遗嘱——是什么时候立下的？"

"他太太离开他之后——也就是两年前。顺便说一句，他专门把她从受益人里面排除掉了。"

"是个挺小心眼的人。"波洛低声自言自语道。

杰普爽快地说了声"回见"，就离开了。

布赖恩·马丁进来了。他今天穿得堪称完美，显得特别英俊。不过我觉得他面带倦容，不是很开心。

"波洛先生，我早该过来的。"他带着歉意说道，"而且，说到底我还是白白耽误了你的时间。"

"真的吗？"

"是的。我去见了上次说起的那位女士。我同她争辩了，也请求过她，但是都没有结果。她不愿意让我请你去调查。所以，恐怕我们得让这事儿就此算了。我很抱歉——非常抱歉麻烦到你。"

"没什么，没什么的。"波洛和蔼地说，"这个我已经料到了。"

"哦？"这年轻人似乎吃了一惊，"你已经料到了？"他有些疑惑地问道。

"是的。当你说还要问问那位朋友的意见时——我其实已经知道事情会这样结束。"

"那么说，你有一个设想？"

"马丁先生，侦探总是会有一个设想的。这算是他的本能。我个人倒是不把它叫做设想。我习惯说，我有一个小小的想法，这是第一步。"

"那么第二步呢?"

"如果这个小小的想法被证明是对的——那么我就清楚了。你看,就是这么简单。"

"我希望你能告诉我这个设想——或者说,这个小小的想法——是什么样的。"

波洛轻轻地摇摇头。

"这是另一个原则了。做侦探的绝不多话。"

"给点儿暗示也不行吗?"

"不。我只能说,当你提到金牙的时候,我的这个设想就成型了。"

布赖恩·马丁盯着他。

"我真的被搞糊涂了。"他说道,"我想不出你指的是什么。你再给我一点提示吧。"

波洛笑着,继续摇头。

"我们还是换个话题吧。"

"好吧。不过首先呢——你的费用问题——请务必收下。"

波洛坚决地挥挥手。

"一分钱也不需要。我并没有帮到你任何事。"

"我确实占用了你的时间。"

"当我觉得一个案子有趣时,不会谈到钱。你的案子就让我很感兴趣。"

"这让我很高兴。"这个演员有些不安地说。

他看起来非常不开心。

"来吧,"波洛友善地说,"让我们谈点儿别的吧。"

"我刚才在楼梯上遇到的是苏格兰场的人吗?"

"是的,杰普警督。"

"灯光很暗,我不是很确定。顺便提一下,他之前来询问过我有关那个可怜的姑娘的事,我是说卡洛塔·亚当斯,那个服用了过量佛罗那死掉的女孩。"

"你和亚当斯小姐很熟吗?"

"不算是很熟。不过我在美国就认识她了,还是小孩子的时候。在这边见过她一两次,不是经常见。听到她的死讯,我很难过。"

"你喜欢她?"

"是的,她是个很随和,很容易聊起来的人。"

"非常富有同情心的人——是的,我也是这么觉得。"

"我听说他们觉得这可能是自杀?我也不知道做什么能帮上忙。卡洛塔从不说自己的什么事情。"

"我不觉得是自杀。"波洛说道。

"更像是一次意外,我也这么想。"

大家都沉默了片刻。

波洛又笑着开口了:"埃奇韦尔男爵之死倒是越来越引起大家的兴趣了,不是吗?"

"大家都很关心。既然现在简是完全被排除了,你是否知道他们有没有什么想法——是谁干的?"

"是的——他们有一个非常大的怀疑对象。"

布赖恩·马丁显得很兴奋。

"真的?是谁?"

"那个管家消失了。你应该知道——逃跑几乎就是承认有罪了。"

"管家!真的,这可是让我吓了一跳。"

"相当英俊的男人,甚至看起来有一点像你。"他以一种恭维的方式微微鞠了一躬。

没错!我现在才恍然大悟,为什么第一次见到时,那个管家的脸让我觉得很熟悉。

"你这是让我受宠若惊了。"布赖恩·马丁笑着说。

"不,不,不。难道不是所有的年轻女孩们——女佣、时髦的姑娘,女职员和那些社交名媛,都仰慕着布赖恩·马丁先生吗?有什么人会不为你倾倒呢?"

"很多,我觉得。"马丁说着,忽然站了起来,"好了,非常感谢你,波洛先生。请允许我再次向你道歉,实在是太麻烦你了。"

他分别和我们两人握手。忽然,我注意到他看起来老了很多。那种憔悴的样子更加明显了。

我心中充满了好奇,一等房门在他身后合上,我就忍不住开始发问。

"波洛,你真的预料到他会回来告诉你,委托你调查在美国发生在他身上的那些奇怪事情的要求通通作罢?"

"黑斯廷斯,你也听到我这样说了。"

"不过——"我试图按照逻辑理清一下。

"这么说,你知道他需要去征询意见的这个神秘女人是谁了?"

他笑着。

"我有个小小的想法,我的朋友。正如我对你说过的,当他提到金牙时我就有了这样的想法,如果我的想法正确,那么我就知道那个女人是谁,也知道为什么她不想让马丁先生来请我帮忙。我可以说知道了整件事的真相。如果你用了上帝赐给你的那个脑子,你也会知道的。有时候我真的会忍不住想,上帝可能是粗心大意地忘了给你安上一个。"

第十八章 另一个人

我不打算详细描述埃奇韦尔男爵或者是卡洛塔·亚当斯两人死因调查庭的情形了。卡洛塔这边的裁定是过失致死；在身份证据和医学证据被出示后，埃奇韦尔男爵的案子被延期。胃容物的分析结论认定死亡的时间是晚餐之后至少一小时，最长可能到两小时。也就是说是在十点到十一点之间，靠近十点的可能性更大。

卡洛塔假扮简·威尔金森相关的所有消息被要求不许泄漏。被通缉的管家，相貌描述已经登到了报上，外界似乎都以为他是凶手。他所说的简·威尔金森来访一事也被当作了无耻的捏造。至于女秘书对这个说法的证实，就没有文章提及了。所有报纸都有关于这件案子的报道，但是其中几乎没有什么实质的内容。

我知道，杰普此时应该是忙得不亦乐乎。波洛采取这么一副不为所动的态度倒是让我颇感焦急。这情况可能和他逐渐衰老有些关系——这一想法不止一次闪过我的脑海。他倒是说过一些借口，但我总觉得不太令人信服。

"人到我这个年纪，麻烦的事情还是能免则免。"他这么解释。

"但是啊，波洛，我亲爱的伙计，你不能觉得自己已经老了啊。"我抱怨说。

我感觉他是需要一些鼓励了。激励疗法——这是我听说过的一种新概念。

"你还是和以前一样精力充沛，"我真诚地说，"波洛，你正值壮年，是各项能力都处于巅峰的时候，只要你愿意，一出马就可以把这案子漂漂亮亮地解决了。"

波洛回答说，他还是宁可坐在家里把这案子解决掉。

"但是你不能这么做啊，波洛。"

"没办法完全做到，这倒是真的。"

"我是说，我们什么都没做！杰普倒是不停地在忙。"

"这正合我意。"

"完全不合我的意。我想要你做点什么。"

"我正在做着。"

"你在做什么？"

"等待。"

"等待什么？"

"等待我的猎犬把猎物带到我面前。"波洛眨眨眼回答说。

"这是什么意思？"

"我是说老杰普。为什么有猎狗还要自己叫个不停？杰普会把你所喜欢的、花费体力就能得到的结果都送到这儿。他有很多办事的手段，那是我没有的便利。他很快就会带来好消息了，这一点我毫不怀疑。"

经过持续侦查，杰普还真的慢慢把资料都拼凑了起来。巴黎之行毫无收获，但是几天之后他又来了，显得很得意。

"进展很慢，"他说，"但是最终还是有点结果。"

"祝贺你啊，我的朋友。发生了什么？"

"我查到，有位金发女士那天晚上九点在尤斯顿站的衣帽间寄存了一个手提包。我们把亚当斯小姐的手提包拿给他们看了，他们确认就是那个包。这个包是美国货,所以多少有点不同。"

"哦!尤斯顿。是了,离摄政门最近的一个大站。她无疑是去了那里,在洗手间里化好妆,然后存好那个包。包是什么时候被人取走的?"

"十点半的时候。服务员说是同一个女士取走了包。"

波洛点点头。

"我还查到了点儿别的。现在我有理由相信,卡洛塔·亚当斯十一点的时候是在河岸街的莱昂斯·康纳饭店。"

"哦!这是个好消息。你是怎么查出来的?"

"说起来,多多少少有些运气。你看,报纸上提到了那个用宝石镶着字母的小金匣子。有记者这么写出来了——说年轻女演员们病态地滥用药物,周末版的那些浪漫文章之一。致死的小金匣子和里面那要命的东西——前途无量的年轻女孩无可救药的悲剧什么的。里面顺便提到了她的最后一晚是在何处度过,她的感受如何等等。

"接着呢,好像是莱昂斯·康纳饭店的一个女招待读到了文章,想起那晚她接待的一位女士手上拿过这样一个盒子。她还记得盒子上C.A.的字样。她很兴奋地跟身边所有的朋友说起这个——想着可能会有某家报馆会出钱买她的消息。

"一位年轻的记者很快拿到了这个消息,今天的《趣闻晚报》上会有一篇催人泪下的文章。一位天才女演员在生命中的最后时刻,等待着——等待着一个始终没有出现的男人。还有些女演员敏锐的直觉,她和自己的女性朋友相处不好之类的事。波洛先生,你是知道这种无聊文字的,对吧?"

"你是怎么这么快就拿到这消息的?"

"哈!怎么说,我们和《趣闻晚报》的关系挺不错的。他们那儿有个聪明的年轻人想从我这儿套点另一件案子的消息,就把这件事情告诉我了。所以我就赶紧直接去了莱昂斯·康纳饭店——"

是的,事情应该就是这么办成的。我很替波洛感到可惜。杰普拿到了所有的第一手消息——很有可能还错过了不少有价值的细节,波洛倒是对过时的新闻挺满意的。

"我见过了那个女孩——我想她的说法没有什么可疑之处。她没有挑出卡洛塔·亚当斯的照片,但是也说她没有特别注意那女人的相貌。她说那女人很年轻,深色皮肤,身材纤细,衣着很讲究;戴着时下很流行的一种新帽子。我倒是希望女人们多关注一下脸,少注意一下帽子。"

"亚当斯小姐的面孔确实不太容易辨认。"波洛说道,"它有那种多变,敏感——流动的特质。"

"我敢说你是对的。我不太喜欢分析这类事。女侍者说,那个女人穿着黑衣服,带着一个手提包。那女孩注意到了手提包,是因为她觉得一个穿着如此讲究的女士带着这种样子的提包到处走有些奇怪。那女士点了一份炒蛋和一杯咖啡,不过女侍者觉得她只是在打发时间,等着什么人。她戴着一块腕表,不停地看着时间。女侍者是在拿账单给客人的时候注意到那个匣子的。那女士把小匣子从包里拿出来放在桌上看,把盖子打开又合上,脸上带着得意、梦幻似的笑容。那确实是个很可爱的小匣子,所以女侍者注意到了。'我也想要一个用宝石镶着我名字的金匣子!'她是这么说的。

"卡洛塔·亚当斯结账之后显然又待了一段时间。最后,她看了一次表,决定不再等下去,然后就离开了。"

波洛皱着眉头。

"这是个约会。"他低声说着,"但是要会面的人没有出现。卡洛塔·亚当斯之后见到那个人没有呢?她是不是因为没有等到,所以回了家想给他打电话呢?但愿我能知道——啊!但愿我能知道。"

"这只是你的设想,波洛先生。神秘的幕后人物。这个幕后人物是个幻想。我不是说她没有在等什么人——这是可能的。她可能是约了什么人,打算在圆满解决了同男爵之间的事情之后见个面。当然,我们知道发生了什么事:她失去了理智,刺杀了他。但是她并没有一直这样下去。她在车站换好装,拿回提包,去了会面地点,接着就是所谓犯罪后的'反应'出现了,对自己刚刚做过的事情越想越后怕。当她的朋友最后没有出现时,她终于被击溃了。那个朋友可能是某个知道她那晚要去摄政门的人,她觉得一切都败露了。于是她拿出那一小盒药。只要多吃一点,一切就结束了。无论如何,她是不愿受绞刑的。怎么,这差不多和你的鼻子一样显眼了。"

波洛的手在自己的鼻子上怀疑地抚摸着,然后手指滑到了胡子上。他带着自豪的满足抚弄着自己的胡须。

"没有任何证据说明存在一个神秘的幕后人物,"杰普不依不饶地继续说,"我还没有拿到什么证据来说明她和男爵之间的联系,但是我会找到的——这只是个时间问题。我得说,巴黎之行实在令我失望,不过九个月也确实是一段很长的时间了。我还是派了人在那儿继续调查,也许依旧能找到些什么。我知道你不这么看,你是个死脑筋的老家伙,你知道的。"

"你先是侮辱了我的鼻子,现在又来说我的头脑!"

"打个比方,如此而已。"杰普安抚着说,"没有恶意的。"

"这句话的标准回答,"我说,"应该是'没往心里去'。"

波洛看了看他,又望了望我,似乎完全没明白过来。

"还有什么吩咐吗?"杰普站在门口故作滑稽地问。波洛笑了笑,算是原谅了他。

"吩咐是没有的,建议倒是有一个。"

"那么,是什么呢?说说看。"

"建议你到出租车司机的圈子里放出消息,找找案发那晚从科文特加登皇家剧院附近载过客人到摄政门的司机——其实更有可能是往返——是的,载过客人往返的。至于时间,大概是十一点差二十分左右。"

杰普警觉地瞪起一只眼,看起来像是一条机灵的猎犬。

"所以呢,就是这样了?对吗?"他说,"行吧,我会照做的。反正没什么坏处——你有时候确实也挺有主意的。"

他刚一离开,波洛就站了起来,开始非常起劲地刷他的帽子。

"什么也别问,我的朋友。还是把石油精递给我吧。早上的煎蛋滴了一点到我的背心上。"

我拿给了他。

"起码这一次,"我说道,"我不觉得需要问什么问题。看起来挺明显的。但是你真的这么觉得吗?"

"我的朋友,当下我只关心清理我的衣服。如果你不介意我这么说的话,你的领带实在不怎么能看。"

"这条领带可是好得很。"我说。

"当年——可能是。感觉像是上了年纪啊,就像你之前善意地向我指出的那样。换了吧,求你了,顺便把右边的袖子也打理一下。"

"我们这是要去觐见国王吗?"我讽刺他道。

"不是。但是我早上看报纸说默顿公爵已经回到了默顿公馆。

我听说他是英国贵族圈中的顶级人物，我想去表达一下敬意。"

波洛和社交可是一点点关系都没有。

"我们为什么要去拜访默顿公爵呢？"

"因为我想见见他。"

我能问出来的就只有这些了。直到我的衣服终于满足了波洛挑剔的眼光，我们才出了门。

到了默顿公馆，一名男仆问波洛是否有预约。波洛回答说没有。男仆拿了名片离开，很快就返回来说，他的主人很抱歉，但是上午实在太忙，没有时间见我们。波洛马上找了一把椅子坐下。

"行吧，"他说，"我可以等着。要等几个小时都行。"

不过其实根本没有必要。可能主人觉得这是打发不速之客最简单的办法，总之波洛很快就被领到了他想见的那个人面前。

公爵大人大约二十七岁。因为瘦弱单薄，他的外形不讨人喜欢。他有一头难以形容的稀疏头发，靠近太阳穴的地方已经秃掉了；嘴巴很小，看起来有些刻薄相，眼睛空洞、梦幻。房间里有好几个十字架，还有不少其他的宗教艺术品。宽大的书架上似乎除了神学作品就没有什么别的了。他没有公爵的样子，看上去更像是个随处可见的年轻杂货商。据我所知，他是在家里接受教育的，是个非常细腻的孩子。这就是那个落入简·威尔金森陷阱的人！实在是可笑到了极点。他的态度倨傲，和我们说话的样子也实在不算客气。

"你可能听说过我的名字。"波洛开口说。

"从没听过。"

"我是研究犯罪心理学的。"

公爵保持了沉默。他坐在写字台前，面前摆着一封还没有写完的信,用笔在桌上不耐烦地敲着。

"你为什么要见我?"他冷冰冰地问道。

波洛坐在他对面,背对着窗户,公爵面对着它。

"我目前正着手调查与埃奇韦尔男爵之死相关的事宜。"

那张瘦弱但是顽固的脸上,没有一丝肌肉移动分毫。

"是吗?我并不认识他。"

"但是我想,你是认识他太太的——简·威尔金森小姐。"

"是这样。"

"那么,你也知道据说她是非常希望丈夫死掉的?"

"这种事情我是真的毫不知情。"

"大人,那我就直截了当地问了。你是不是很快就要与简·威尔金森小姐结婚了?"

"如果我决定和什么人结婚了,报纸上会登出来。我认为你的问题很无礼。"他站起身说,"再见。"

波洛也站了起来,看起来有些窘迫。他低着头,结结巴巴地继续说着。

"我并不是——我……我请求你的原谅……"

"再见。"公爵重复了一遍,声音提高了一些。

这次波洛放弃了。他做了一个特有的表示无可奈何的姿势,我们便离开了,就这样很丢人地被赶了出来。

我挺为波洛难过的。他惯用的那种居高临下的询问方式行不通。对默顿公爵来说,一位伟大的侦探比一只黑甲虫还要渺小。

"情形不太顺利。"我同情地说,"这人还真是固执得很,你要见他究竟是为了什么呢?"

"我想知道他和简·威尔金森是不是真的要结婚。"

"她是这么说的。"

"哈！她是这么说的。但是，你要知道，她是那种为了达到目的，什么话都会说的人。她可能决意要嫁给他，但是他呢——这个可怜的家伙——可能还不明白是怎么一回事。"

"不过，他可是毫不客气地把你赶了出来。"

"是的，他对我就像是对一名记者一样。"波洛笑着说，"但我知道了！我清楚地知道现在的情形是怎样的了。"

"怎么知道的？他的态度？"

"完全不对。你看到他正在写信吗？"

"是的。"

"就是这样。早年我还在比利时当警察的时候就发现了，能够倒着认出文字是很有用的。要不我给你念念他在信里是怎么写的？'我最最亲爱的简，我的挚爱，我美丽的天使，我该如何形容你对我的意义？你受了那么多的苦！你的美好天性——'"

"波洛！"我叫出声来，有些反感地想要制止他。

"他就写到这儿了，'你的美好天性——只有我能了解'。"

我感到很不自在。他对自己的所作所为倒是怀着一派天真的喜悦。

"波洛，"我叫道，"你不要做这样的事情，你不该偷看私人信件。"

"黑斯廷斯，你又在说傻话了。要求我'不要做'一件我已经做了的事情，不是很可笑吗？"

"这不是——不是在闹着玩。"

"我没在闹着玩，你知道的。谋杀不是什么好玩的事。这是严肃的。不管怎么说，黑斯廷斯，你不应该用这个说法——闹着玩。这个说法已经过时了。我发现了，这个说法已经寿终止寝。年轻人们听到的话会笑话你的。是的，如果你说什么'闹着玩'

和'没天理',年轻的漂亮姑娘会笑话你的。"

我沉默了。我没办法接受波洛毫不在乎地做出这样的事情。

"完全没必要这么做。"我说,"其实你只要告诉他,你在简·威尔金森的要求下去见过埃奇韦尔男爵,他对你的态度就会完全不同了。"

"哦!但是我不能这样做。简·威尔金森是我的客户。我不能对其他人提及我客户的事情。我是秘密地接受了这个委托,要是说出去,我就没有名誉可言了。"

"名誉?!"

"一点儿也没错。"

"但是,她确实会嫁给他?"

"这不等于她对他就没有秘密了。你对婚姻的理解是非常老派的。不,你所建议的,我是绝对不能做的。我有我作为一名侦探的名誉需要顾及。名誉,这是一件非常严肃的事。"

"行吧,我想这个世界需要各种各样的名誉才算完整。"

第十九章 贵妇

在我看来，第二天上午的访客是整个事件中最令人意外的部分了。

那时我正在起居室，波洛两眼发亮地溜了进来。

"我的朋友，有客人到了。"

"是谁？"

"老默顿公爵的遗孀。"

"真想不到！她要做什么？"

"如果你肯陪我下楼，我的朋友，你就会知道了。"

我赶紧照办，我们两人一起进了客厅。

公爵夫人是个矮小的女人，高鼻梁，眼睛看起来就很专横。虽然长得矮小，但也没人敢用矮胖来形容她。她穿着毫不时髦的黑色，浑身上下都带着贵妇的气派。她给我的另一个印象就是几乎残忍的个性。虽然她的儿子很消极，她倒是很积极。她的意志力非常强大，我几乎可以感受到她身上散发出的那种意志力波浪。怪不得这个女人总是能够控制住所有和她打交道的人。

她举起长柄眼镜，先是打量了一下我，然后看看我的同伴。接着，她开口和他说话了。她的声音清晰而咄咄逼人，是那种惯于发号施令，让人服从的声音。

"你就是赫尔克里·波洛先生？"

我的朋友躬身致意。

"愿为你效劳,公爵夫人。"

她又看了看我。

"这是我的朋友,黑斯廷斯上尉。他协助我办案。"

她的眼中流露出片刻的怀疑,然后微微低头以示默许。

她在波洛让给她的椅子上坐下。

"我这次来是向你咨询一件非常微妙的事情,波洛先生。我必须要求你,今天我对你讲的事是需要绝对保密的。"

"这自不必多言,夫人。"

"亚德利夫人向我推荐了你。从她说起你的样子,还有她对你的感激之情,我感觉你是唯一有可能帮到我的人。"

"请你放心,夫人,我会尽全力的。"

她还是有些犹豫。最后她终于下定决心说明来意,但是那种简单直接的风格以一种奇怪的方式让我想起了那个难忘晚上,在萨伏依饭店的简·威尔金森。

"波洛先生,我想请你确保我的儿子不会娶那个女演员,简·威尔金森。"

如果说波洛也感到惊讶,那他一定掩饰得很好。他若有所思地望着她,并不急于作答。

"你能说得更具体一些吗?夫人,你想让我做些什么呢?"

"确实不太容易说出口。我觉得这场婚姻会是一个悲剧,它会毁了我儿子的一生。"

"夫人,你是这样想的?"

"我十分确信。我的儿子有非常高远的理想。他对这个世界的了解真的太少了。他从未中意过与他身份相当的年轻女孩,总是觉得她们头脑简单,行为轻浮。但是说到这个女人——我得承认,她的确非常漂亮,有那种令男人臣服的魅力。她迷住了我儿子。我曾希望这段痴情能够自然冷却,好在她是个有夫之妇。但是现在,她的丈夫死了——"

她忽然停下了。

"他们计划在几个月后结婚。我儿子的终身幸福已经危在旦夕。"她一股脑儿地说出来,"这件事必须被阻止,波洛先生。"

波洛耸了耸肩。

"夫人,我并不是说你说得不对。我同意,这场婚姻是不合适的。但是我们又能做什么?"

"现在就是要求你做点什么。"

波洛慢慢地摇着头。

"不,你必须帮我。"

"夫人,恐怕没什么用。我得说,你的儿子不会听从任何对那位女士不利的话。同样,我不认为能有多少不利于她的话可说。我想从她的过去也发掘不出什么有损她名誉的事件。她一直都是——让我们这么说吧——很小心的。"

"我知道。"公爵夫人冷酷地说。

"哦!这么说,在这方面你已经做过调查了。"

在波洛热切的目光下,她的脸有一点红。

"波洛先生,为了从这桩婚姻中拯救我的儿子,没有什么是我不愿做的。"她又用力地重复了这几个字,"没有什么。"

她停了停,然后继续说:"在这件事上钱不是问题。你要多少报酬尽管开口,只是这桩婚事必须被阻止。你是担当这项工作的唯一人选。"

波洛继续慢慢摇着头。

"这不是钱的问题。我实在是爱莫能助——我现在就可以向你解释一下原因。而且，我可以说，我看不出有什么可做的。我帮不了你，公爵夫人。如果我给你一些建议，你不会认为我是无礼的吧？"

"什么建议？"

"不要和你儿子作对。他已经到了自己做主的年纪。他的选择不合你的意思，并不是说你就一定是对的。如果这是不幸的——请接受这个不幸。准备好在他需要帮助的时候帮助他，但是不要逼他反对你。"

"你完全不明白。"

她站起身，嘴唇直发抖。

"不，公爵夫人，我非常明白。我理解你作为母亲的心，没有人比我赫尔克里·波洛更理解这个了。我以我在这个领域的经验告诉你——请耐心。耐心，冷静，掩饰住你的感受。现在这件事还有一线希望可以自己了结。反对只会让你儿子更加固执。"

"再见，波洛先生，"她冷冷地说，"我很失望。"

"夫人，没有办法帮上你，我也非常遗憾。我处在很难做的位置。你要知道，埃奇韦尔男爵夫人已经向我咨询过了。"

"哦，这样我就明白了。"她的声音像刀一般锐利，"你是在对方阵营里的。这就说得通了，没错，这可以解释为什么埃奇韦尔男爵夫人还没有因为杀害自己的丈夫而被捕。"

"这从何说起呢，公爵夫人？"

"我想你听得很清楚。为什么她还没有被捕？她那晚到过现场，被人看到走进那房子——走进他的书房。没有别的人再接近过他，然后他就死了。结果她还是没有被抓！我们的警察真是彻头彻尾地腐化了。"

她颤抖着用围巾围住脖子，只是微微一欠身，便甩手走出了房间。

"哇!"我说,"好个彪悍的人物。不过我敬佩她,难道你不这么觉得?"

"因为她希望按照她的思路安排整个宇宙?"

"她只是一心惦念着儿子的福祉。"

波洛点了点头。

"这倒是没错。不过呢,黑斯廷斯,公爵大人娶了简·威尔金森真的会是件坏事吗?"

"怎么,你不会认为她是真的爱他吧?"

"可能不是。几乎肯定不是。但是她倒是非常爱他的地位。她会小心谨慎地扮演好自己的角色。她是个非常漂亮的女人,也很有野心。这也不是什么大灾难。公爵要想娶一个门当户对的年轻女孩可能是非常容易的,对方也会因为同样的原因选择他——但是以后又有谁会为这事树碑立传,让它流传千古呢?"

"这倒是真的,但是——"

"假设他娶了一位极爱他的女孩,那这桩婚姻就有很大好处了?我常常看到的是,一个男人娶了真心爱他的太太,反而是极大的不幸。她会嫉妒,会让他显得滑稽可笑,会坚持要占有他所有的时间和精力。哦!不说了,这可不是玫瑰花床啊。"

"波洛,"我说道,"你可真是个无可救药的愤世嫉俗者。"

"不是这样,不是这样,我只是随便想想。你知道的,其实我是站在那位好母亲一边的。"

听到他这样形容那位飞扬跋扈的公爵夫人,我忍不住大笑起来。

波洛倒是依然一本正经的样子。

"你不该笑的。这很重要——所有的一切。我得想想,得好好想想。"

"我不知道这件事上你能做些什么。"我说。

波洛没有理会我。

"黑斯廷斯,你注意到没有,公爵夫人的消息有多灵通?她又是多么的怀恨在心?她知道所有对简·威尔金森不利的证据。"

"那是检方的看法,被告这边还没有说话。"我笑着说。

"她是怎么知道这些的?"

"可能是简告诉了公爵,公爵告诉了她。"我这么猜着。

"是的,有这个可能。不过,我有——"

电话铃忽然响起。我接了起来。

我这边只是以不同的间隔反复说着"是的"。最后我放下听筒,兴奋地转身面对波洛。

"是杰普打来的。首先,你还是一如既往地'了不起';其次,他收到了美国来的电报;第三,他找到了出租车司机;第四,你想不想过去听听出租车司机怎么说;第五,又说一遍,你'真是了不起',现在他完全相信了,你说这一切事情有一个幕后人物的推断是完全正确的。我没有告诉他,刚刚有位客人过来大骂警察已经腐败了。"

"所以杰普终于还是被说服了。"波洛小声说道,"奇怪的是,幕后黑手这个猜想就要被证明的时候,我又倾向于另一个可能的情况了。"

"什么情况?"

"这个假设里面,凶手的动机可能和埃奇韦尔男爵本人根本没有关系。想想吧,某个憎恨简·威尔金森的人,恨意强到想要让她上绞刑架。这也是一个可能啊!"

他叹了口气,然后站起来继续说:"来吧,黑斯廷斯,让我们去听听杰普有什么要说的。"

第二十章 出租车司机

杰普正在询问一个胡子乱糟糟、戴着眼镜的老头。他的声音嘶哑，有种自悲自叹的调子。

"啊！你们来了。"杰普说，"行了，一切进展顺利，我是这么觉得。这人——乔布森——六月二十九日晚在长亩街载过两个客人。"

"是的，"乔布森哑着嗓子接过话，"很好的一个夜晚，月色不错。那位年轻的女士和先生在地铁站附近叫住了我的车。"

"他们是穿着晚礼服吗？"

"是的，那位先生穿着白背心，女士全身白色，上面绣着鸟的图案。是从科文特加登皇家剧院出来的，我猜。"

"那时候是几点？"

"十一点以后了。"

"哦，然后呢？"

"让我去摄政门——他们说到地方的时候告诉我是哪幢房子，还叫我快点。客人们总是这么说，好像我愿意慢吞吞似的。到得快，才能马上有下一趟活儿，对我们也好。但客人从不这么想。还有啊，要是出了什么车祸，他们又要怪我们开车太快、太危险了。"

"别废话。"杰普不耐烦地打断他，"这次没出事，对吧？"

"没——没有。"老头虽然是这么说，但好像还是不愿意放弃这个机会。"没，确实是没有出车祸。总之，我到了摄政门——没超过七分钟。那位先生敲敲车窗，我就停下了。停车的位置大概是在八号门牌。那位先生和女士下车，先生就等在原地，让我也别走。那位女士过了马路，在街那边往我们来的方向走。先生等在车旁——就站在人行道上，背向我，望向她。他手插在口袋里。大概过了五分钟，他说了点儿什么——好像是低声叫了一句，然后也走过去了。我一直盯着他，免得被人赖了账。以前出过这种事情，所以我得看好他。他走向街对面的一座房子，上了台阶进了门。"

"他是推开门的？"

"不，他有钥匙。"

"那房子是几号？"

"十七号还是十九号，我觉得。反正呢，他们让我停在那个位置确实也有些奇怪，所以我就一直看着。大概过了五分钟，他和那位女士一起出来了。他们回到车上，让我再开回科文特加登皇家剧院。快到的时候他们让我停下，付了车钱。我得承认，小费给得很大方。我想跑这趟车是惹上什么麻烦了——看起来是挺大的麻烦。"

"你没事的。"杰普说，"现在请你看看那边，告诉我那位女士在不在里头。"

他拿过五六张看起来很相似的照片。我饶有兴趣地从他肩膀上观望着。

"就是她。"乔布森说。他肯定地指着杰拉尔丁·马什穿着晚礼服的照片。

"确定？"

"相当确定。她脸色苍白,但是皮肤有点黑。"

"现在再认认那个男的。"

杰普又把另一组照片拿给他看。

他很用心地看着照片,摇了摇头。

"这个,我说不好——不是很肯定。这两个都有点像他。"

这些照片中有一张是罗纳德·马什,但是乔布森没有挑出它。他点出来的两个人都是和马什不同类型的。

乔布森离开了,杰普把照片摊在了桌上。

"很好。要是能得到更明确的指证就好了。这是一张旧照片了,七年还是八年之前拍的。我也只能搞到这一张。是啊,要是有更明确的指证就好了,不过现在案情也相当清楚了。以前那些不在场的证明砰的一声就没了。波洛先生,幸好你够聪明,想到了这一层。"

波洛看上去很谦逊。

"当我发现她和她的堂兄都在歌剧院的时候,就觉得他们在幕间休息的时候有可能在一起。分别陪他们来的那些人自然以为他们不会离开歌剧院。但是半小时的幕间休息已经足够他们去到摄政门再赶回来了。新的埃奇韦尔男爵那么强调他的不在场证明时,我就知道有些不对劲的地方。"

"你还真是个疑心重的家伙,不是吗?"杰普亲切地说,"总之,你大概是对的。在这样的世道里,怎样疑心都不过分。男爵大人就是我们要找的人了。看看这个。"

他递过来一张纸。

"来自纽约的电报。他们联系上了露西·亚当斯小姐。那封信今天上午才寄到。除非是绝对必要,否则她不愿让出原件,但是她同意让警察抄下了信的内容,然后用电报发给我们。就是这个了，同你想的一样。"

波洛带着极大的兴趣接过电报，我站在他身后看到了电报内容。

以下是六月二十九日伦敦SW3玫瑰露大厦八号致露西·亚当斯的信件内容：

最亲爱的小妹，很抱歉上周的信中只草草写了几句，实在是太忙，有好多事情要亲自解决。那么，亲爱的，演出是个巨大的成功！评论反响巨大，票房很好，每个人都很帮忙。我在这儿已经有了一些真正的好朋友。我想在明年找一家剧院演两个月。俄罗斯舞者那个独幕剧反应很好，《美国女人在巴黎》也很不错，但是我想大家最喜欢的还是《外国旅馆》中的几幕。我太激动了，都不知道自己在写些什么，再等一会儿你就能知道原因了，不过我得先告诉你大家都是怎么说的。赫格斯海默先生人非常好，他邀请我去吃午餐，以便见见蒙塔古·康纳爵士，他可能对我很有帮助。之前一个晚上我还遇到了简·威尔金森，她对我的表演和模仿也是赞不绝口。这就要说到我得告诉你的事情了。我倒不是很喜欢她，因为最近我从一个认识的人那里听到了不少她的事情，好像是说她行事残忍，而且总是用那种不堪的手段——不过我要说的不是这个。你知道吗，其实她是埃奇韦尔男爵夫人。男爵这个人我最近也听说了很多，这么跟你说吧，他也不怎么好。他对自己的侄儿，那个我跟你提过的马什上尉，非常不好——居然真的把他赶出了家门，还停了他的生活费。他跟我说了这些，我很为他感到难过。他倒是很喜欢我的演出。他说："我敢说这能骗过埃奇韦尔男爵本人。

来吧,敢不敢打个赌?"我笑着问:"多少钱?"亲爱的露西,这答案简直让我喘不上气。一万美元。一万美元啊,想想吧——只是帮人赢一个无聊的赌局。"噢,"我说,"为这一万美元,让我冒着触怒君主的风险去白金汉宫和国王开个玩笑都行啊。"就这样,我们就算成交了,开始商量细节。

我下周再把详情都告诉你——我有没有被认出来。不过不管怎么说,亲爱的露西,不管我成功与否,我都能拿到这一万美元。哦!露西,我的妹妹,这对我们意味着什么?没时间继续了——我得去准备玩这个"恶作剧"了。千千万万个爱给我亲爱的小妹。

你的,
卡洛塔

波路把信放下。我可以看出他颇受感动。

不过杰普呢,他的反应则是截然不同。

"我们可逮到他了。"他兴高采烈地说。

"是的。"波洛说道。

他的声音平淡,令人奇怪。

杰普好奇地看着他。

"你这是怎么了,波洛先生?"

"没什么。"波洛说,"不知道为什么,这和我所想的不太一样。就是这样。"

他看起来确实是不太高兴。

"但是看起来只能是这样了。"他像是在对自己说,"是的,只能是这样。"

"当然是这样。怎么了,你不是一直都这么认为的?"

"不，不。你误会我了。"

"不是你说这些事情幕后有一个人，是他让这女孩毫不知情地参与了这些吗？"

"是的，是的。"

"那么，你还想要些什么呢？"

波洛叹了一口气，什么都没有说。

"你还真是个奇怪的家伙。什么都不能让你满意。要我说，这女孩写了这封信还真是件幸运的事情。"

波洛稍微提起一点精神来表示赞同。

"我的朋友，这是凶手没有想到的事情。亚当斯小姐接受这一万美元的时候，她已经签下了自己的死亡证。凶手以为已经采取了万全之策——结果她在毫不知情的情况下胜过了他。死人开口说话了。是的，有时候死人是会说话的。"

"我倒是从未想过她能给自己报了仇。"杰普大言不惭地说。

"是啊，是啊。"波洛心不在焉地说。

"行了，我得开始办事了。"

"你要去逮捕马什上尉？我是说，埃奇韦尔男爵。"

"为什么不？案子已经确定对他完全不利了。"

"确实。"

"你好像对这个结果不是很起劲啊，波洛先生。问题是，你喜欢那些很困难的事情。现在你的假设得到了证实，但这还是不能令你满意。你能说说我们拿到的证据里面还有什么问题吗？"

波洛摇摇头。

"马什小姐是不是同谋，这个我还不知道。"杰普说道，"看起来她肯定是知情的。她陪着他从歌剧院去了现场。如果她不知道，为什么他会带着她去呢？总之，我们要听听他们两人会怎么说。"

"我可以在场吗？"波洛几乎是谦卑地问。

"当然可以，这想法还是你提出来的。"

他拿起桌上的电报。

我把波洛拉到一边。"波洛，这是怎么了？"

"我很不开心，黑斯廷斯。进展似乎太顺利了，事情都清清楚楚的。但是有些东西不对头。某个地方有我们没有注意到的情节，黑斯廷斯。事情都对上了，和我预想中的一样，但是，我的朋友，这里面还是有些不对头。"

他可怜巴巴地望着我。

我不知道该说什么。

第二十一章 罗纳德的说法

我发现自己没法理解波洛的态度。难道不是一切都如他所预料吗？

在去摄政门的路上，他一直满脸困惑，皱着眉坐在那儿，完全没有理睬杰普的自我祝贺。

他最后叹了一口气，从思绪中走了出来。

"不管怎样，"他低声说，"我们都可以听听他要说些什么。"

"要是他还算聪明的话，就一定什么也不会说。"杰普说，"太多人因为急于表明清白而把自己送上了绞刑架。其实吧，也没人能说我们没有警告过他们。一切都是公平公开的。越是有罪，他们越是说个不停，把所有为了案子编造出来的谎言都倒出来。他们就没想过，应该先把编好的谎话说给律师听一遍。"

他叹了口气，继续说道："律师和法医是警察的死敌。一次又一次的，我弄得清清楚楚的案子被法医搞得乱七八糟，让那些有罪的人跑掉了。抱怨律师的话怎么都不过分吧。他们就靠自己的刁钻狡谲，想方设法扭曲事实来挣大钱。"

到了摄政门，我们要找的人正好在家。一家人还在共进午餐。杰普对管家说要和埃奇韦尔男爵私下说话，我们被带到了书房。

等了一两分钟，那个年轻人过来了。他脸上带着轻松的笑容，但是只是对我们一瞥，表情就有了一点点变化。他的嘴唇立刻闭得紧紧的。

"你好，警督。"他说，"这次又是为了什么？"

杰普用正经的警方口吻说明了来意。

"原来是这个事情，就是这样？"罗纳德说。

他拉过一把椅子坐下，又拿出了烟盒。

"警督，我想，我需要录个口供。"

"这个悉听尊便，男爵大人。"

"我是说，这件事情上我是犯了傻。不管怎么说，我还是要说出来。就像是书中的英雄人物们总是说的那样，'没有理由害怕真相'。"

杰普什么都没说。他的脸上一直毫无表情。

"这边有桌子和椅子，"这年轻人继续说道，"你的手下可以坐下，把我说的都记下来。"

我不觉得杰普习惯这种安排，仿佛一切都为他周到地考虑好了。不过他还是采纳了埃奇韦尔男爵的建议。

"首先呢，"这年轻人说道，"我还算是有点小聪明的，所以我猜之前那个漂亮的不在场证明已经被揭穿了，烟消云散。那么有用得多塞默一家只能退场了。我想，是出租车司机吧？"

"我们已经知道了那一晚你所有的行踪。"杰普面无表情地说。

"我对苏格兰场有着最高的敬意。不管怎么说，你要知道，如果我真的计划去行凶，我就不会找一辆出租车，径直到现场，还让司机继续等着。你有没有想过这一点？啊！我想波洛先生已经想到了。"

"是的，我想过这一点。"波洛说。

"这绝对不是预谋犯罪应该有的做法。"罗纳德说，"带上红色的小胡子，来一副角质框的眼镜，让车停到隔壁一条街，然后付钱让司机走。也可以乘地铁——行了行了，我不需要说细节了。花上几千几尼，我可以让我的律师说得更好。当然，我知道你们会怎么说——犯罪是一种突如其来的冲动。就说那天吧，没准我等在车里，忽然想，'就是现在，小伙子，去干吧。'

"那么，我打算告诉你真相。我确实是缺一笔钱，我想这一点很清楚了。当时的情况确实急迫，我必须在第二天之前搞到钱，不然就完了。我去求过我叔叔。他对我没有什么感情，但是我想他可能为了顾及自己的名声帮我一下。中年男人们有时会这样。事实证明，我叔叔那种愤世嫉俗的冷漠倒是非常新派，真是可悲。

"好吧——看起来也只有笑笑忍过去了。我打算去多塞默那边碰碰运气，看能不能借到，虽然我也知道没什么希望。和他的女儿结婚，这我是做不到的。反正她也是那种很敏感的女孩，不可能接受我。然后呢，完全是碰巧，我在歌剧院遇到了我的堂妹。我是很少遇到她的，我住在她家的时候她一直对我很好。我忍不住把我的事原原本本地告诉了她，她也从她父亲那儿听到了一些。于是她向我展现了她的气概，建议我拿走她的珍珠首饰，那原本就是她母亲的东西。"

他停下来。我想，他的声音里有一种真挚的感情。要不然就是他巧言令色的本事超出了我的想象。

"总之——我接受了这个好心孩子的建议。我可以用她的首饰换到我需要的钱。我发誓，就算是最后要去打工，我也会想办法把那些首饰赎回来还给她。不过这些首饰在她摄政门的家里。我们决定，最好是立即去把它们拿到手。我们就马上拦了车行动起来。

"我们让司机把车停在街对面，免得有人听到出租车停在门口的声音。杰拉尔丁下车过街，她随身带着钥匙，可以悄悄进去，拿到珍珠首饰，然后带出来给我。她没想过会遇到什么，当然，除了一个仆人。卡罗尔小姐——我叔叔的秘书——通常会在九点半上床睡觉。他本人可能会在书房。

"所以，黛娜去拿东西，我站在人行道上抽烟，不时朝房子那边看看，看她是不是出来了。现在我要说的这个部分，你们可能相信，也可能不信，随你们高兴。有个人在人行道上从我身边走过，我转过头看看他。让我感到吃惊的是，他走向台阶，进了十七号。至少我认为是十七号，但是，当时我离房子还有一段距离。我感到吃惊有两个原因。一是那人有钥匙，是直接开门进去的；第二点是，我觉得我认出他了，好像是某位著名的影星。

"我很吃惊，所以打算搞清楚。我兜里正好有十七号的钥匙。我原本弄丢了，或者说我以为我三年前就弄丢了这把钥匙，不过之前一两天又意外找到了。我本来是带着，预备那天上午还给我叔叔的，不过当时吵得太凶，一时忘了。后来换衣服的时候，又连同别的东西一块儿放到那天晚上穿的衣服里了。

"我让出租车司机继续等着，自己快步走下人行道，穿过街，上了十七号的台阶，用我手上的钥匙打开了门。大厅里没人，也没有客人刚刚进入的迹象。我站在那儿等待了片刻，然后径直走向书房。可能那个人正和我叔叔在一起，如果是这样，我应该能听到说话的声音。我站在书房门外，但是什么也没听到。

"我忽然觉得自己实在是在犯傻。那人一定是进了另一幢房子——有可能就是隔壁的那一幢。摄政门夜里灯光很昏暗。我觉得自己真是个傻瓜。我也想不出到底是中了什么邪才会跟着那个人。现在我站在这儿，如果我叔叔忽然走出书房看到我，一定会把我看做一个蠢东西。我这样会让杰拉尔丁惹上麻烦的,接下来的问题就大了。仅仅是因为有人走路的样子让我疑心他在干着什么不愿意让人知道的事?还好没人碰到我,我还是越早脱身越好。

"我蹑手蹑脚走回前门,正好杰拉尔丁从楼上下来,手上拿着珍珠首饰。

"她见到我也吓了一跳,这是自然。我拉着她走出大门,然后向她解释了之前的事。"

他停了一会儿。

"我们又赶回了歌剧院。到的时候幕才刚刚拉起,没人想到我们曾经离开过。那是一个闷热的晚上,很多人都在幕间走出去透透气。"

他又停了一下。

"我知道你们会说什么:为什么最开始不直接说出来?我现在可以告诉你们:如果是你,会在有明显杀人嫌疑的情况下,轻松地承认就在出事的那天晚上,你曾出现在犯罪现场吗?

"坦率地说,我不敢。就算有人相信我们,我和杰拉尔丁也会有很多麻烦。我们和谋杀毫无关系,什么也没看到,什么也没听到。我想,很显然这是简婶婶做的。那好啊,为什么要把自己牵涉进去?我跟你们说过吵架的事情,还有我缺钱的问题,那是因为我知道你们一定会查到,如果我隐瞒这些事情,你对我的疑心会更重,可能会对不在场的证据查得更仔细。既然这样,我想不如干脆再说得彻底一点,可能会让你们相信这一切都没问题。我想多塞默一家是真诚地相信我一直都在科文特加登皇家剧院的,我在某个休息时间和堂妹待在一起不会引起他们的怀疑。她也可以坚称一直和我在一起,我们从未离开过那个地方。"

"马什小姐同意了——我是说隐瞒真相?"

"是的。我一听到消息就去找到她,提醒她为了自己好,绝对不要说我们昨晚曾回到这儿。幕间休息的时候她和我在一起,我也一直和她一起在科文特加登。我们在街上说了一会儿话,仅此而已。她明白,也同意了。"

他停了停。

"我知道这看上去很糟糕——特别是在事后才坦白。但是这次我讲的都是实话。我可以把那天早上让我用堂妹的珍珠首饰换了钱的那人的名字和地址给你们。如果你们去问杰拉尔丁,她也可以证明我所说的每一个字。"

他坐回椅子里,看着杰普。

杰普还是面无表情。

"你说你认为是简·威尔金森犯下了这起谋杀案,埃奇韦尔男爵?"他说。

"说起来,难道你们不是这样想?听到管家的说法之后?"

"那么,你和亚当斯小姐的赌注又是怎么回事儿?"

"和亚当斯小姐的赌注?你是说和卡洛塔·亚当斯小姐?她和这些有什么关系?"

"这么说,你否认你提出给她一万美元,让她在那晚假扮简·威尔金森小姐来这幢房子?"

罗纳德惊讶地瞪大眼睛。

"给她一万美元?胡扯。有人在拿你们开玩笑吧。我哪有一万美元给她?你们以为找到关键证据了,只是空欢喜一场。是她这么说的?哦!他妈的——我忘了,她已经死了,不是吗?"

"是的。"波洛平静地说,"她已经死了。"

罗纳德瞪大眼睛依次打量着我们。他之前倒是温文尔雅,现在脸色已经苍白。他的眼睛看上去有些恐惧。

"我不明白了。"他说道,"我告诉你们的都是真的。我想你们大概是不会相信我了——所有人都不会了。"

这时,出乎我的意料,波洛走上前去。

"不。"他说道,"我相信你。"

第二十二章 赫尔克里·波洛的奇怪举动

我们回到住处。

"这到底是——"我开始发问。

波洛用一个我从未见他做过的夸张手势制止了我。他的两只胳膊都在空中挥舞。

"求你了,黑斯廷斯!现在别问,现在别问。"

说完这句话,他抓起帽子扣在头上,像是不知道什么叫整洁有序,就着急地一头冲出了房间。大概过了一个小时,他还没有回来,杰普却出现了。

"小老头出去了?"他问道。

我点点头。

杰普瘫坐在椅子上,用手帕揩了揩前额。那天挺热的。

"他到底是怎么了?"他问道,"我跟你说吧,黑斯廷斯上尉,当他走到那家伙面前说'我相信你'的时候,你拿根羽毛就可以把我打翻在地。这台词——他是觉得自己在演浪漫情景剧吧?我算是服了。"

我也挺服气的,我对他说。

"然后他就这么出去了?"杰普问道,"这事儿他是怎么跟你说的?"

"什么都没说。"我回答道。

"一点点都没有？"

"绝对是一点都没有。我打算和他说话的时候，他挥手制止了我。我想还是由他去吧。我们回来的时候，我打算问问他。他挥起了胳膊，抓起帽子就又跑掉了。"

我们看着对方。杰普煞有介事地点了点自己的脑门。

"一定是这儿出问题了。"他说。

这一次我真有点同意了。杰普之前总是说波洛有点"疯疯癫癫的"。在那些案子里，他只是不明白波洛的用意。这次，我必须承认，我也不明白波洛的态度了。即使不是脑子出了问题，他至少也是善变得可疑。他自己提出的假设大获全胜地被证明了，他却马上就反悔了。

这可是真够让他这两个最热心的支持者失望和难过的。我丧气地摇摇头。

"照我说，他一直是个怪人。"杰普说道，"总有自己独特的看待事物的角度——而且是非常怪的角度。他是个天才，我承认这一点。但是他们常说天才和疯狂只有一线之隔，一不小心就会越过了界。他总喜欢那些复杂的事情，简单明了的案情他一点也提不起兴趣。不，一定要曲折离奇的才行。他这是脱离真实生活了，沉浸在自己的游戏里。这就像是老太太一个人用纸牌玩接龙，要是解不出，她就会作弊。对他来说情况正好相反，如果这一局太顺利，他就会作个弊，把题目变难。我就是这么看的。"

我觉得很难接他的话头。我也觉得波洛的行为很难解释。同时，因为我对这个奇怪的朋友非常有感情，这事儿给我带来的困扰远比我表现出来的要大。

就在我们死寂的沉默中，波洛走了进来。

我很庆幸地看到，他已经冷静下来了。

他小心地摘下帽子,和手杖一起放到桌上,然后坐到了他通常坐的那把椅子上。

"你来了啊,我的老杰普。我很高兴。我刚还想说一定要马上去见你。"

杰普看着他,没有回话。他知道这只是开场,他在等波洛自己说出想法。

我的朋友确实这样继续了,慢慢地,小心地开始说话。

"听着,杰普。我们错了,我们都搞错了。承认这个确实挺悲哀的,但是我们也确实犯了个错误。"

"没关系的。"杰普自信地说。

"但是这完全不是没关系的。这太可悲了,我真是从心底感到难过。"

"你不需要为那个年轻人感到难过。他完全是罪有应得的。"

"我可不是为他感到难过——我是为你。"

"我?你不需要担心我。"

"但是我确实很担心。你看,是谁让你沿着这个方向查案的?是我,赫尔克里·波洛。是的,是我让你走上这条路的。我让你注意到了卡洛塔·亚当斯,我对你提及了那封发往美国的信。这个方向上的每一步都是我指点的。"

"我迟早会查到这个位置的。"杰普冷冷地说,"你赶到了我的前面,仅此而已。"

"也许吧。但是这并不会让我更好过。如果因为听从了我的意见而使你的威信受到伤害——遭受损失,我会自责的。"

杰普露出觉得好笑的样子。我想他是认为波洛的动机不纯,他肯定觉得波洛不想让他独揽成功破案的功劳。

"没问题的。"他说,"我不会忘记告诉大家,这案子能破,得部分归功于你。"

他对我眨了眨眼。

"哦！根本不是这件事。"波洛不耐烦地咂了咂舌头，"我不要功劳。再说了，根本没有功劳可言。你忙了半天最后等来的是一个彻底的失败，而我呢，赫尔克里·波洛，是罪魁祸首。"

看着波洛极度愁苦的样子，杰普忽然放声大笑起来。波洛看起来很生气。

"对不起，波洛先生。"他擦了擦眼睛，"但是你看起来还真是符合'暴风雨中奄奄一息的鸭子'这种形容。现在听说我，我们忘了这一切。这件事不管是功还是过，我一人承担了。这件事会非常轰动——这一点你是对的。那么，我会全力争取让他定罪。也许哪个聪明的律师能让男爵大人脱罪——陪审团的想法谁能说得准呢？但是即便如此，也不会对我有伤害。世人都会知道，虽然最后没有定罪，但是我们确实抓到了凶手。如果，我是说如果，出来一个女仆发疯说是她干的——这苦果我咽下了，绝对不会抱怨是你把我引入歧途。这样公平合理吧？"

波洛温和而又悲悯地看着他。

"你有信心——你总是有信心的！你从来没有停下来问一问自己——事情会是这样吗？你从不怀疑——或者想弄明白。你从来没有想过：这是不是太容易了？！"

"这点你可以放心，我确实没有。请原谅我这么说，你也就是在这一点上总是偏离轨道。为什么事情不能是容易的？事情简单明了有什么坏处呢？"

波洛看着他，叹了口气，半举起胳膊，又摇了摇头。

"就这样吧。我不会再说什么了。"

"好极了。"杰普开心地说，"现在我们说说正事。你想听听我正在做的事情吗?"

"当然。"

"是这样,我去见了可敬的杰拉尔丁小姐,她的说法和男爵的故事完全一致。他们可能是共同谋划的,不过我想不会。我的想法是,他恐吓了她——她对他是很有感情的,听说他已经被逮捕了,伤心得不得了。"

"她现在还在伤心?那个秘书呢——卡罗尔小姐?"

"她倒不是很意外,我觉得。不过这也只是我的想法。"

"那些珍珠首饰呢?"我问道,"这个部分是真的吗?"

"完全真实。第二天一早他就去把这些首饰换了钱。但是我不认为这会影响到主要的线索。在我看来,他是在歌剧院看到堂妹时才想到这个主意的,算是灵机一动吧。他当时正绝望着——这可以是一条出路。我猜他之前有过类似的想法——所以他随身带着钥匙。我是不太相信忽然找到了钥匙这种说法的。总之,他和堂妹说着话,想到如果把她拖下水,这事就更稳妥了。他利用了她的心理,想办法暗示了珍珠首饰,她果然上钩,然后两人就行动了。等她一走进屋子,他就跟着进去,直接去了书房。男爵当时可能正在椅子上打盹。不管怎么说,他两秒钟就能完事,然后就出来了。我看他也不想被那个女孩碰到的,他原来的计划是假装在出租车附近踱着步。他也没想到出租车司机会看到他走进那屋子。他想给人留下的印象是抽着烟走来走去,等着那个女孩。你要记得,出租车是面对着反方向的。

"当然了,第二天一早,他必须去抵押了那些首饰。他还是得装出急需钱的样子。之后,当他听到命案的消息,便去恐吓那个女孩,叫她不要把前一晚两人一起去过屋子的事情说出来。他们要坚持说两人幕间休息的时候一直都在歌剧院。"

"那为什么他们又不这么说了?"波洛忽然问道。

杰普耸了耸肩。

"改了主意吧。或者是觉得她可能没办法挺过去。她是个有点神经质的人。"

"是啊,"波洛边想边说,"她是那种有点神经质的人。"

过了一两分钟,他继续说道:"你有没有想过,马什上尉要是在幕间休息的时候独自离开歌剧院其实更容易,也更简单。悄悄地用钥匙进门,杀了自己的叔叔,然后回到歌剧院——而不是叫出租车等在外面,还冒着一个神经质的女孩随时下楼看到一切,而且有可能失去理智去告发他的风险。"

杰普咧嘴笑了。

"要是你和我的话就会这么干了。但是我们总归比罗纳德·马什上尉要聪明一些。"

"我可不是这么肯定。他给我的感觉还是很聪明的。"

"但是肯定比不上赫尔克里·波洛那么聪明!得了吧,我很肯定这一点。"杰普大笑着说。

波洛冷冷地看着他。

"如果他不是有罪的,为什么还要说服那个叫亚当斯的女孩搞那么一出呢?"杰普接着说道,"这么做只有一个原因——掩护真正的凶手。"

"这一点上我是绝对赞同的。"

"是吧,我很高兴我们还是有意见一致的地方。"

"实际上和亚当斯小姐说话的可能就是他。"波洛沉思着说,"虽然说起来——算了,这做法太傻了。"

波洛忽然望向杰普,很快地问了一个问题。

"对于她的死,你有什么设想?"

杰普清了清嗓子。

"我倾向于认为——这是意外。非常巧的意外,我承认。我看不出他会和她的死亡有什么关系。回到歌剧院之后他的不在场证明都足够清楚。他和多塞默一家去了索布尼斯吃饭,一直到凌晨一点。她在那之前很久就已经上床睡觉了。不,我想这证明了罪犯有时候会有不可思议的好运。要是这个意外没有发生,我想他也会有其他的办法解决她。首先,他会把男爵的命案强加给她——说如果她说出实情,就会因为谋杀被捕。接着他可以花一笔钱让她就此闭嘴。"

"你有没有想过——"波洛站在他面前直直盯着他说,"你有没有想过,如果亚当斯小姐有让自己脱罪的证据,那就是说会有另一个女人被送上绞刑架?"

"简·威尔金森不会上绞刑架的。蒙塔古·康纳的晚宴这个证据太有力。"

"但是凶手并不知道这一点。他原本指望简·威尔金森会上绞刑架,而卡洛塔·亚当斯会保持沉默。"

"波洛先生,你喜欢空谈,不是吗?你还坚信罗纳德·马什是个可爱的年轻人,不会干出什么坏事。你真的相信他看到有个人偷偷摸摸走进那间房子的故事?"

波洛耸耸肩。

"你知道他说他以为看到了谁吗?"

"我大概可以猜到。"

"他说他觉得是那个电影明星,布赖恩·马丁。这个说法你又怎么看?这可是一个从未见过埃奇韦尔男爵的人。"

"那么如果有人看到这样一个人拿着钥匙走进大门,自然是件很奇怪的事情了。"

"嗤!"杰普发出明显带有轻蔑的声音,"那我想,要是告诉你布莱恩·马丁先生那晚根本不在伦敦,你一定会非常吃惊吧。他那晚带着一位女士去了莫尔西吃饭,直到半夜才回到伦敦。"

"哦!"波洛轻轻地说,"不,我并不吃惊。那位女士也是他的同行吗?"

"不。那女孩开着一间帽子店。事实上,她是亚当斯小姐的朋友,德赖弗小姐。我想你也会同意,她的证词是无可置疑的。"

"我不是在跟你争论这个,我的朋友。"

"事实上,你被耍了,而且你知道这一点,老伙计。"杰普一边说,一边大笑,"那是一个凭空捏造的无稽之谈,就是这么回事。根本没人走进摄政门十七号……也没人走进什么隔壁的房子——这说明了什么?男爵大人是个谎话精。"

波洛悲哀地摇摇头。

杰普站起身——他的精神又重新抖擞起来。

"得了吧,你知道我们是对的。"

"那么谁是那个D,巴黎,十一月呢?"

杰普也耸耸肩。

"久远的历史了,我想。难道那个姑娘不能在六个月之前拿到一件和现在的罪案完全无关的纪念品吗?事情总得有个轻重缓急。"

"六个月之前。"波洛喃喃地说,忽然眼睛一亮,"天哪,我还真是蠢啊。"

"他说什么呢?"杰普问我。

"听着。"波洛站起身拍了拍杰普的胸,"为什么亚当斯小姐的女仆没有认出那个匣子?为什么德赖弗小姐也不知道那个小匣子?"

"你这话是什么意思？"

"因为那个小匣子是新的。是有人刚刚给她的。巴黎，十一月——看起来好像是这样——没人会怀疑这就是这个小匣子被当作纪念品送出去的时间。其实这个东西是刚刚给她的，不是那个时候。这是刚买的！刚刚买下来的东西！调查一下这个，我求你了，我的好杰普。这是个机会，绝对是一个机会。这个匣子不是在这儿买的，是在国外，可能是巴黎。如果是在本地买的，应该会有珠宝商主动来找你，报纸上登过照片，还有详细的描述。是了，是了，巴黎。也可能是其他某个外国城市，但是我想就是巴黎了。去查查，我求你了。到处问问。我想——我实在是非常想——知道谁是这个神秘的 D。"

"也不会有什么坏处。"杰普善意地说，"虽然不能说我对这个很热心，但是我会尽力去查，总归是知道得越多越好。"

他朝我们愉快地点点头，便走了。

第二十三章 那封信

"那么现在,"波洛说,"我们可以出去吃午饭了。"

他用手挽住我的胳膊,对我笑着,解释说:"我满怀希望。"

虽然我本人还是坚信罗纳德是有罪的,但是也很高兴看到波洛又恢复了老样子。我猜波洛可能也已经接受了这个观点,被杰普的一番雄辩说服了。寻找买到这个小匣子的人,大概只是他试图挽回面子的最后尝试。

我们高兴地共进午餐。

很有趣的是,我看到布莱恩·马丁和珍妮·德赖弗正在餐室另一边的桌上一起吃饭。想起杰普之前说过的事情,我怀疑这可能是一段恋情。

他们也看到了我们,珍妮挥了挥手。

当我们开始喝咖啡的时候,珍妮离开自己的男伴走到了我们桌前。她看起来还是像往常那样活泼,精神十足。

"能坐下和你谈谈吗,波洛先生?"

"当然可以,小姐。我很高兴见到你。马丁先生不过来一起坐坐吗?"

"是我让他别过来的。是这样,我想和你说说卡洛塔的事情。"

"是什么呢,小姐?"

"你曾想知道她是不是有什么男性朋友,是不是?"

"是的,是的。"

"是这样,我后来想了又想。有时候不是一下子就能想起来的。要想理清楚,就得慢慢回想——想想很多在当时根本没有注意到的细枝末节。总之呢,我就是一直在做这个,想了又想——我忽然想起她说过的一些话。现在我已经有了一个肯定的结论。"

"想起了什么呢,小姐?"

"我想她有兴趣的那个男人——或者说刚刚开始喜欢的人——是罗纳德·马什——你知道的,那个刚刚继承了爵位的人。"

"你为什么会想到是他呢,小姐?"

"怎么说呢,卡洛塔有一天用很平常的口气说起来,说是有个男人的运气很糟,这又是如何影响到了他的性格。说这个人本来挺好,结果也堕落了。受过的罪比犯过的错要多——你知道这套说法。女人对某个人有了好感,第一件事就是用这些话来骗自己。这种老套的玩意儿我听到太多次了。卡洛塔倒是很理智的,结果也落入了这个俗套,像是丝毫不了解世事的傻瓜。'喂,'我对自己说,'有事要发生了。'她没有提到名字——都是泛泛而谈,但是在这之后,她几乎是马上开始说起罗纳德·马什,说是她觉得他也被不公平地对待了。说起这个的时候她倒是显得与己无关,只是袖手旁观。我当时没有把这些联系起来。但是现在——我很怀疑,在我看来她指的似乎就是罗纳德。你怎么看呢,波洛先生?"

她仰头恳切地看着波洛。

"小姐,我想你可能给我带来了非常有价值的信息。"

"太好了。"珍妮拍了拍手。

波洛友善地看着她。

"也许你还没有听说——你提到的这位先生，罗纳德·马什——埃奇韦尔男爵——刚刚被逮捕了。"

"啊！"她惊讶地张大了嘴，"这么说我想到的时候已经迟了。"

"永远不会太迟。"波洛说，"对我来说是这样，你知道的。谢谢你，小姐。"

她离开我们回到了布莱恩·马丁身边。

"怎样，波洛。"我说，"这应该能动摇你的想法吧。"

"不，黑斯廷斯。恰恰相反——这使我更加坚信了。"

虽然他这么坚决地断言，我还是相信，私下里他已经没有那么坚持了。

之后的几天，他再也没有提过埃奇韦尔这个案子。就算是我说起它，他的回应也只是只言片语，显得毫无兴趣。换句话说，他已经洗手不干了。不管他那个奇怪的脑子里曾有什么样的想法，现在他是被迫承认，那些都不是现实——他对案子的最初假设是正确的，罗纳德·马什是唯一的真凶。只是，作为波洛，他不可能公开承认这一点，所以他才假装对这案子失去了兴趣。

如我所说，这就是我对他现在态度的解读，似乎也得到了事实的支持。他对警察和法庭的进展完全没有一点点兴趣，不过这些过程也只是形式。他忙于其他案子，就算有人提起这桩案子，他也不会显出任何兴趣。

在我上一章提到的事情发生快两周之后，我才意识到我对他态度的理解是完全错误的。

当时是早餐时间，波洛的盘子边照例摆了一堆信件。他灵活的手指很快将它们分门别类整理好。他忽然愉快地叫了一声，拣出一封盖着美国邮戳的信。

他用他那把小小的裁信刀打开信封。看着他如此高兴,我也饶有兴趣地在一旁看着。里面有一封信,还有一份相当厚的附件。

波洛仔细地把那封信读了两遍,然后抬起头看向我。

"黑斯廷斯,你想看一看这个吗?"

我从他手中接过信。上面是这样写的:

亲爱的波洛先生——来信言辞恳切,令我非常感动。事件中的一切都令我惶恐。除了我姐姐的不幸,我还听到很多传言,似乎都影射着我最亲爱,最善良的姐姐——卡洛塔。不,波洛先生,她不吸毒,我很肯定这一点。她对这些东西是极为厌恶的,我常听她说起。如果她在那可怜的人之死中曾起到了什么作用,那也完全是无心的涉入——当然,她给我的信可以完全证明这一点。我按照你的请求将那封信的原件附上。这是她给我的最后一封信,我很舍不得让它离开我的视线,但是我知道你会好好保管,并在有朝一日寄还给我。如果它能如你所说,帮助你揭开我姐姐之死的部分谜团——那么,这封信当然应该让你看到。

你问我卡洛塔是否曾在信中特别提到过什么朋友。她曾说起过很多人,这是自然,但是并没有谁被特别讨论过。我们认识多年的布赖恩·马丁、一个叫珍妮·德赖弗的女孩,还有一个罗纳德·马什上尉,我想这些是她最经常见到的人。

但愿我能想起什么事情可以帮到你。你的来信如此恳切,如此体贴,看起来你完全能理解我和卡洛塔对于彼此的意义。

露西·亚当斯敬上

又及：刚刚有位警察过来想要那封信。我告诉他我已经把它寄给你了。当然，这不是实话，但是不知道为什么，我觉得应该让你先看到它。苏格兰场似乎是想要这封信作为证据来指控凶手。你可以将信拿给他们，但是，天哪，请务必让他们把信还给我。你知道，这是卡洛塔最后对我说起的话。

"原来你亲自写信给她了。"把信放下时，我这样说道，"为什么要这样做呢，波洛？还有，你为什么要卡洛塔·亚当斯这封信的原件呢？"

他正低头读着那封信的原件。

"其实我也说不清楚，黑斯廷斯——可能我只是存有那么一点点希望，信的原件可以在某种程度上解释一些我们还无法理解的事情。"

"我不太明白你怎么能从这封信中找到线索。卡洛塔·亚当斯自己把信给了女仆让她寄出去，这总不会有什么诡计吧？而且它读起来完全就是一封普通的书信。"

波洛叹了一口气。

"我知道，我知道。正是因为这样，事情才格外难办。是这样，黑斯廷斯，照这种情形来看，这封信太不对头了。"

"胡扯。"

"是的，是的，确实是这样。你看，如我之前所说，特定的事情之间必须是按照某种可以理解的方式和顺序互相关联。但是说到这封信，并不吻合。那么，是谁错了呢？赫尔克里·波洛，还是这封信？"

"你就没有想过，很有可能是赫尔克里·波洛错了？"我尽量委婉地说着。

波洛略带责难地看了我一眼。

"有时我确实是犯过错——但这次并没有。很明显,既然这封信看起来不对头,那它就是有问题的。关于这封信,有什么细节是我们忽略了的,我正设法把它找出来。"

说完以后,他又回过头继续研究那封信,这次拿上了一个小巧的便携显微镜。

仔细看过之后,他把每一页都递给了我。当然,我完全看不出什么地方有问题。信上的笔迹有力,相当好认,内容和之前发过来的电报一字不差。

波洛深深地叹了一口气。

"这封信不是伪造的——不,都是同样的笔迹。但是就像我刚才说过的,信不太对劲——"

他忽然停止了说话,急不可耐地比画着让我把信纸都给他。我递了过去,他又一次慢慢地研究着。

忽然,他叫了一声。

我本来已经离开了餐桌,正站在窗口向外眺望。听到声音,我连忙转过身来。

波洛兴奋地发抖,两眼像猫一样发着绿光。他的食指颤巍巍的。

"看到没有,黑斯廷斯?看这儿——快——过来看看。"

我跑到他身边。摊在他面前的是信中的一页,我看不出有什么不寻常的地方。

"你没看到吗?其他信纸都有整齐的边缘——它们都是单页的。但是这一张——看到没有——有一边是毛糙的——这是被扯破的。现在明白我的意思了吗?这封信是双页的,所以,你想

He said "I believe it
would take us Lord
Edgware himself. Look
here, will you take some
thing on for a bet?"
I caught Isaac
"How much?"
   Lucie darling.
the answer fairly took
my breath away
   Ten thousand dollars!

想,其中有一页不见了。"

不用说,我被惊得目瞪口呆。

"但是怎么可能!这封信读起来很通顺啊。"

"是的,是的,信读起来是通顺的。这也是这个做法的聪明之处了。读一下——你就会明白了。"

我想除了再看一次那封信之外,也没有什么可做的了。

"现在明白了?"波洛说,"在说到马什上尉的时候,信换页了。她为他感到难过,然后接着说,'他非常喜欢我的演出'。接着新的一页上,她写的是:'他说……'但是我的朋友,有一页不见了。新一页上的这个'他'可能并不是之前一页上的'他'。事实上,这一定不是之前一页上的'他',完全是另外一个人了,就是提出恶作剧建议的那个人。注意看,这之后再也没有提到过名字。啊!这真是太惊人了。不管是用什么办法,我们的凶手拿到了这封信,发现信的内容会暴露他。毫无疑问,他想毁灭这个证据,但是忽然——他把信看了一遍,发现了另一个办法。去掉中间的一页,信就刚好可以被曲解成对另一个人的指控了——另一个对埃奇韦尔男爵之死也怀有动机的人。啊!真是天才!神来之笔啊,简直可以这么说。他撕下一页信纸,然后把信放回了原处。"

我崇拜地看着波洛。我倒不是完全被他的假设说服了,很有可能卡洛塔就是用了一页已经被撕开过的信纸。但是波洛是如此高兴,我实在不忍心指出这样一个平淡无奇的可能性。毕竟,他有可能是对的。

不过,我还是指出了他这个理论中的一两个难点。

"但是这个人,不管他是谁,是怎么拿到这封信的呢?亚当斯小姐是直接从自己的包里拿出来,然后交给女仆寄出去的。女仆是这么说的。"

"那么我们可以假定两点：要么是女仆说谎了，要么就是，在那天晚上，卡洛塔·亚当斯见过凶手。"

我点点头。

"就我看来，后一个假设似乎最有可能。我们还是不知道卡洛塔·亚当斯在离开住所到九点钟把包寄存在尤斯顿车站之间的那段时间到底在哪儿。我相信，在这段时间里，她在某个约定的地点见了凶手——他们甚至可能一起吃了点什么。他给了她一些最后的指示。至于那封信是怎么回事还不清楚。不过我们可以猜猜看。她可能拿在手里准备寄出去，可能放在了餐厅的桌上。他看到了地址，感觉到了危险。他可能巧妙地拿到信，找个借口离开餐桌，打开，读完，撕掉一页，然后放回桌上，或者在她走的时候递给了她，就说她不小心掉了。到底怎么做到的并不重要，但是有两点似乎清楚了。一是，不管是在埃奇韦尔男爵死前还是死后，卡洛塔·亚当斯那晚肯定见过凶手（她离开莱昂斯·康纳饭店之后还有时间去见一个人）。我猜——当然，我有可能是错的——那个小金匣子也是凶手给她的，可能是他们初次会面时的一个小纪念品。如果是这样，那么凶手就是 D。"

"我不明白送这个金匣子有什么意义。"

"注意，黑斯廷斯，卡洛塔·亚当斯并没有对佛罗那上瘾。露西·卡洛塔这么说，我也相信这是实情。她是个目光明晰的健康女孩，没有对这种东西的嗜好。她的朋友和女仆也都不认识这个小匣子。为什么在她死后会在遗物里发现它呢？这是为了造成一个假象，让人相信她确实服用了佛罗那，而且已经用了很长时间——也就是说，至少六个月。我们假定她在谋杀发生之后见到了凶手，即使只有几分钟时间。他们一起喝了一点儿，算是在庆祝计划成功。他在那女孩的酒里放了足够的佛罗那,确保她第二天一早不会再醒过来。"

"太可怕了。"我颤抖着说。

"是的,这不好玩。"波洛冷冷地说。

"你打算把这一切都告诉杰普吗?"过了一会儿,我问道。

"现在先不要。我有什么可说的?了不起的杰普可能会说:'又是些没谱的事!那女孩就是用了一张单页的信纸!'就是这样。"

我心中有愧地望着地板。

"我能怎么反驳这一点?没办法。这是有可能的,我只是知道不会是这样,因为绝对不可能发生这样的事情。"

他停下来,脸上又闪过一种梦幻似的表情。

"你想想看,黑斯廷斯,如果那个人真的计划周密,准备齐全,就会用刀裁下那一页信纸,而不是撕掉。那么我们就什么破绽都发现不了了。但是事情不是这样!"

"所以我们可以推断他是一个粗心大意的人。"我笑着说道。

"不,不。他可能只是仓促之间必须这样。你注意看,那是非常大意的撕法。啊!他一定是时间很紧迫。"

他停了停又继续说:"我希望你可以记下这一点。这个人——这个D——当晚一定有非常好的不在场证明。"

"如果他先是在摄政门杀了人,然后又去见卡洛塔·亚当斯,我想不出他会有什么不在场的证明。"

"正是这样。"波洛说,"我就是这个意思。他非常需要一个不在场的证明,所以毫无疑问,他一定准备好了一个。还有一点:他的名字是不是真的以D打头?或者说这个D是某个绰号,她用来称呼他的绰号。"

他停了停,然后轻轻地说:"一个名字首字母是 D 或者绰号是 D 的人。我们必须找到他,黑斯廷斯。是的,我们一定要找到他。"

第二十四章 来自巴黎的消息

第二天,又有不速之客来访。

用人通报说杰拉尔丁·马什求见。

波洛同她打招呼并让座时,我觉得很同情她。她那对深褐色的大眼睛显得更大更深了,周围还有黑眼圈,好像是整夜没有合眼。她的 面容看起来格外憔悴而且疲惫,和她的年龄完全不相称——说真的,她比一个孩子也大不了多少。

"我是专程来找你的,波洛先生,我不知道该怎么熬下去了。我非常担心,非常苦恼。"

"怎么了,小姐?"

他的态度带着深深的同情。

"罗纳德把你那天对他说的话都告诉我了。我是说他被捕的那个可怕的日子。"她浑身发抖,"他告诉我,就在他以为所有人都不会相信他的时候,你忽然走上前对他说:'我相信你。'这是真的吗,波洛先生?"

"是真的,小姐,我确实这样说了。"

"我知道,我不是问你是否真的说了那句话。我是说,你说的这话是不是真的。我是说,你真的相信他的说法吗?"

她看起来非常焦急,身体向前倾,两手交叉在身前。

"那也是真的,小姐。"波洛镇静地说,"我不认为是你的堂兄杀了埃奇韦尔男爵。"

"哦！"她的脸上又有了一点血色，眼睛睁得又大又圆，"那你一定是认为　　凶手另有其人！"

"显然是的，小姐。"波洛笑着说。

"我真笨。我不太会说话。我的意思是——你觉得你已经知道谁是凶手了吗？"

她更急切地将身体向前倾。

"我自然是有一点想法——我的一点怀疑，可以这么说吧。"

"能不能告诉我？求你了——求你了。"

波洛摇了摇头。

"这样——大概是——不太公平。"

"那么，你是已经确定地怀疑到某个人了？"

波洛只是不置可否地摆摆头。

"只说一点点就可以了，"女孩恳求道，"这会让我好过很多的。而且，我也许可以帮到你。是的，我也许真的可以帮到你。"

她的恳求确实让人难以拒绝，但是波洛还是继续摇着头。

"默顿公爵夫人还是坚信是我的继母干的。"女孩若有所思地说。说这话时，她用询问的眼神看向波洛。

他没有一点反应。

"但是我看不出有什么可能。"

"你对她怎么看——对你的继母？"

"怎么说呢——我几乎不认识她。父亲和她结婚的时候我正在巴黎念书。我回家之后，她对我相当不错。我是说，她几乎注意不到我的存在。我觉得她的大脑非常空，而且——怎么说好呢，物质化。"

波洛点点头。

"你说起了默顿公爵夫人。你经常见到她?"

"是的。她对我非常好。过去两个星期我常和她在一起。一切都太可怕了——到处是闲话,还有那些记者,罗纳德又进了监狱等等。"她颤抖着说,"我觉得我没有真正的朋友。但是公爵夫人很好。他人也不错——我是说她的儿子。"

"你喜欢他吗?"

"他挺害羞的,我想。有些呆板,挺难相处。但是他母亲说了不少关于他的事情,所以我总觉得我比实际上更了解他。"

"我明白了。那么,小姐,告诉我,你喜欢你的堂兄吗?"

"罗纳德?当然了。他——我过去两年很少见到他,但是在那之前他是住在我家的。我……我一直觉得他人很好。总是在说笑,琢磨些异想天开的事情来干。哎!在我家那座阴森的房子里,有他在就完全不同了。"

波洛同情地点点头,但是他接下来说的一句话,生硬得让我吃惊。

"那么,你不希望看到他被绞死吧?"

"不,不。"女孩吓得不住地发抖,"不能那样。唉!真希望是她——我的继母。一定是她,公爵夫人说了,一定是她。"

"哦!"波洛说,"如果当初马什上尉一直待在出租车里——嗯?"

"是的——至少,你的意思是?"她的眉头紧皱,"我不太明白。"

"如果他没有跟着那个人走进房子。说起来,你听到有人走进房子吗?"

"不,我什么也没听到。"

"进了房子之后你都做了些什么?"

"我直接上了楼——去拿那些珍珠首饰。"

"当然。拿这些东西花了你一点时间吧。"

"是的。我一开始没找到珠宝箱的钥匙。"

"这是常有的事情,越急越慢。你过了一会儿才下楼,然后呢——发现你的堂兄在大厅?"

"是的,从书房那边过来。"她咽了一口唾沫。

"我明白。这让你很吃惊吧。"

"是的,挺吃惊的。"她似乎对波洛同情的语调很感激,"你知道,吓了我一跳。"

"确实,确实。"

"罗尼只是说:'嗨,黛娜,拿到没有?'从我身后——我差点吓得跳起来。"

"是啊,"波洛温和地说,"就像我刚才说的,他没待在外面真是太可惜了。不然那个出租车司机就可以发誓证明他从没有进过房子。"

她点点头,眼泪开始落下来,径直滴在腿上。她站起身。波洛拉住她的手。

"你希望我为你救他——是这样吗?"

"是的,是的——啊!求你了。你不知道——"

她站在那儿,紧握着拳头想要控制住自己。

"生活对你来说确实是不易,小姐。"波洛温和地说,"我了解。是的,太不容易了。黑斯廷斯,帮小姐叫一辆车好吗?"

我陪着她走到楼下,看着她坐上车。她现在已经镇定下来了,很有礼貌地向我道谢。

我发现波洛正在房间里踱步,眉头紧锁苦苦思考。他看起来很不开心。

我很高兴电话在这时响了起来,可以分分他的心。

"哪位?哦,杰普啊。你好,老朋友。"

"他说什么?"我问道,一边凑近电话。

在对着话筒发出各种不同的惊叹声之后,波洛说话了。

"是了,是谁定的?他们知道吗?"

不管那边怎么回答,反正是出乎他的意料。他的脸又滑稽地沉了下来。

"你确定吗?"

"……"

"不,只是有点意外,如此而已。"

"……"

"是的,我得重新整理一下我的想法。"

"……"

"怎么?"

"……"

"都一样,我是对的。是的,如你所说,一个小细节而已。"

"……"

"不,我还是那个看法。我想请你进一步调查一下摄政门和尤斯顿车站,托特纳姆法院路,可能还有牛津街附近的餐馆。"

"……"

"是的,一女一男。还有河岸街附近,午夜之前。怎么?"

"……"

"是的,我知道马什上尉是和多塞默一家在一起。但是这世上除了马什上尉还有其他人啊。"

"……"

"说我有一颗猪脑可不是很礼貌。就这样吧,就帮我这个忙吧，我求你了。"

"……"

他把听筒放回了原处。

"怎么样？"我急不可耐地问。

"到底怎么样呢？我不知道。黑斯廷斯，那个金匣子是在巴黎买的。有人写信过来定做的，是巴黎的一家名店，专门做这类东西。发信的是阿克利夫人——信上面的署名是康斯坦斯·阿克利。当然了，这个人并不存在。信是在案发之前两天收到的。信里要求用宝石嵌出那个（假定的）写信者的姓名缩写，匣子里面还要刻上字。那是加急订单——第二天就要取。是了，就是谋杀案之前一天。"

"有人去取货了？"

"是的，有人去取了，用现钞付款。"

"是谁取的货？"我急切地问，感觉我们就要触及真相了。

"是一个女人去取的，黑斯廷斯。"

"女人？"我有些惊讶地说。

"是的。一个女人——矮矮的，中等年纪，戴着夹鼻眼镜。"

我们彼此对望，完全不得其解。

第二十五章 午餐会

我记得是在之后的一天,我们去了克拉里奇饭店参加威德伯恩家的午餐会。

不管是波洛还是我都并不是很想去。事实上,这是我们第六次收到邀请。威德伯恩夫人是个很坚持的女人,她喜欢结交名人。虽然屡遭拒绝,她还是不停地提出邀请,直到我们不得不放弃抵抗。在这种情况下,越快去应酬一下了结这事越好。

自从得到巴黎那边传来的消息之后,波洛一直不太爱讲话。

每次我提起这事时,他总是给出一样的回答。

"这里面有些事情我还是不太明白。"

有一两次,他喃喃自语地提到了夹鼻眼镜。

"夹鼻眼镜。夹鼻眼镜在巴黎。卡洛塔·亚当斯包里的夹鼻眼镜。"

所以来参加这个午餐会倒是让我很高兴,也许可以换换脑筋。

年轻的唐纳德·罗斯也在,走过来和我打着招呼。餐会上的男士人数比女士多,所以他被安排坐在我旁边。

简·威尔金森坐在差不多是我们正对面的地方,她的旁边,在她和威德伯恩夫人之间,是年轻的默顿公爵。

我想——当然,可能只是我的想象——他看上去有点不自在。聚在他身边的这些人——当然这也是我的想象——并不合他的品位。他是个严格的保守派,但又是个带着一些反抗精神的年轻人——像是那种不知道出于什么原因从中世纪误入现代的人物。他对那个极端现代的简·威尔金森的迷恋就像是造物主特别喜欢开的那种不合时宜的玩笑。

看着简的美貌,听着她那沙哑的声音给任何陈词滥调加上迷人的魅力,我丝毫不好奇为什么公爵会成为她的裙下之臣。但是完美的外貌和迷人的声音总会被习惯。我忽然想到,即使就在当时,也正有一道常识的光线在驱散着那层迷恋的浓雾。那是因为一句偶然的谈话——简说的一句颇为丢脸的话,让我有了这样的想法。

有人——我忘了是谁——提到了"帕里斯的裁判"①,简立即用她迷人的腔调接话了。

"巴黎?"她说,"哦,巴黎现在已经没什么影响力了,伦敦和纽约才算得上。"

正如有时会发生的事一样,她的话马上让谈话冷了场。当时的情况很诡异。我听到右手边的唐纳德·罗斯倒抽一口凉气,威德伯恩夫人开始拼命讨论俄罗斯歌剧。每个人都急于找个什么人说几句话,只有简自顾自地左顾右盼,完全不知道自己说了什么不恰当的话。

这时我才注意到公爵。他的嘴唇紧闭,满脸通红。我似乎看到他移了移,像是要远离简一点。他应该预见到,像他这样身份的人要是和简·威尔金森结了婚,这种尴尬的灾难性局面应该会时有发生。

如平时一样,我开始和我左手的邻座,那个矮矮胖胖、有爵

---

① 这里指的是希腊神话中帕里斯将金苹果判给爱神阿佛洛狄忒的典故。在英语中帕里斯(Paris)与巴黎拼法相同。

位、为孩子们安排了游艺节目的女士讨论我脑中冒出的第一个念头。我记得当时的问题是:"坐在桌子另一头那个穿紫衣服,看起来怪里怪气的女人是谁?"当然了,是这位夫人的妹妹!我结结巴巴地道了歉,转过头开始和罗斯闲聊,他的回答也只是只言片语。

发现自己两边不讨好之后,我才注意到布赖恩·马丁也在。他应该是迟到了,所以之前我没有看到他。

他坐在桌子靠我这一侧的下方一点,正前倾着身体,起劲地和一位漂亮的金发女郎说话。

我有一段时间没有这么近距离地观察过他了,我第一时间发现他的容貌有了很大的改观。憔悴的皱纹几乎消失,他看起来更年轻了,从不管什么方面来看都更健康了。他正哈哈大笑,和对面那位女士说着话,看起来心情极好。

我没有时间再继续观察他了,因为那位矮胖的芳邻已经原谅了我,大度地允许我倾听关于她所组织的一次慈善性儿童游园会的美妙之处。

波洛因为另外有约而提前离开了。他正在调查一位大使的靴子神秘失踪的案子,约好在两点半见面。他让我代他向威德伯恩夫人道别。我等着要完成这个任务——这可是不太容易的事情,她被一些正要离开的朋友团团围住,他们都在深情地呼喊着'亲爱的'之类的话——这时,有人拍了拍我的肩膀。

是年轻的罗斯。

"波洛先生不在这儿了?我想和他谈谈。"

我解释说,波洛刚刚离开了。

罗斯似乎有些吃惊。我仔细看了看,发现他好像被什么事情困扰着。他看起来脸色苍白,神情紧张,眼中有一种很奇怪的不确定的神色。

"你特别想见他吗?"我问道。

他回答得很缓慢。

"我——不知道。"

这个回答非常奇怪,我吃惊地看着他。他的脸红了。

"这听起来有些古怪,我也知道。事情是这样:有些挺奇怪的事情发生了,我也搞不清是怎么回事。我——我想听听波洛先生怎么说。因为,你看吧,我不知道该怎么办——我不是想麻烦他,但是呢——"

他看起来非常困惑,不太开心。我赶紧安慰他。

"波洛必须得赴一个约。"我说道,"不过我知道他五点会回来。不如你到时候打电话给他,或者过来见他一面?"

"谢谢。你看,我会这么做的。是五点对吧?"

"最好是先打个电话。"我说,"过来之前先确定一下。"

"好的,我会的。谢谢你,黑斯廷斯。你知道,我想可能——仅仅是可能——这件事非常重要。"

我点点头,然后又去找威德伯恩夫人,她还在继续说着甜蜜的话语,有气无力地和客人握手道别。

我的任务完成,正要走开时,忽然有一只手挽住了我的胳膊。

"别不理我啊。"一个愉快的声音说道。

是珍妮·德赖弗——她看起来特别漂亮。

"你好。"我说,"你从哪儿冒出来的?"

"我在你旁边一桌吃饭啊。"

"我没看见你。生意怎么样?"

"兴隆得很,谢谢关心了。"

"汤盘子卖得还好?"

"你口中粗鲁称呼的那种汤盘子，卖得非常好。等大家都有这么一件东西之后，会有更可怕的东西出现。比如像是个插着羽毛的大水泡一样的东西马上就会被固定在大家的脑门正中了。"

"太不像话了。"我说。

"才不是呢。总有人要救救鸵鸟啊。它们都靠失业救济活着呢。"

她大笑着走开了。

"再见。我下午关了店休息，准备去乡间走走。"

"这个是好主意。"我赞同说，"今天的伦敦实在太闷了。"

我独自悠闲地穿过公园，到家的时候已经是大约四点了。波洛还不在，他是五点差二十回来的。他两眼发光，明显是心情很好。

"依我看来，福尔摩斯，"我说，"你应该是找到大使的靴子了。"

"这其实是个偷运可卡因的案子[①]。非常巧妙。刚才的一个小时，我是在美容院度过的，那儿有个褐发女孩一定可以马上迷住你这个多情的家伙。"

波洛总以为我喜欢褐色的头发，我也懒得和他争辩这件事情。

电话响了。

"可能是唐纳德·罗斯。"我一边向电话走去一边说。

"唐纳德·罗斯？"

"是的，那天晚上在齐西克见过的那个年轻人。他有点事情想要见你。"

[①] 这里提到的案子情节与短篇集《犯罪团伙》中的《大使的长筒靴》相同，但后者的主角是汤米和塔彭丝夫妇，而非波洛。该短篇创作时间早于本书，没有其他线索可推断是作者记忆错误或是有意为之。

我拿起听筒。

"你好,我是黑斯廷斯上尉。"

那边正是罗斯。

"哦!是你啊,黑斯廷斯。波洛先生回来没有?"

"是的,他就在这儿。你是现在和他说,还是要过来一趟?"

"不是什么重要的事,我在电话里告诉他就行了。"

"好的,你等一下。"

波洛走过来接过听筒。我站得很近,能隐约地听到罗斯的声音。

"是波洛先生吗?"那声音听起来很急切——兴奋而急切。

"是的,是我。"

"是这样,我本不想打扰你,但是有件事我觉得挺奇怪的,和埃奇韦尔男爵之死有关。"

我看到波洛的身体忽然绷紧了。

"继续,继续说。"

"这件事在你听来可能会觉得无聊。"

"不,不。说吧,尽管说。"

"我是听到巴黎这个词才想起来的。你看——"这时我隐约听到那边有门铃的声音。

"稍等一下。"罗斯说。

接着是听筒被放下的声音。

我们等着。波洛拿着听筒,我站在他身旁。

就像我说的——我们等着……

两分钟过去了……三分钟过去了——四分钟——五分钟。

波洛不安地在两腿之间转换重心,不时抬头看看钟。

然后他按下了电话机的叉簧,开始和总机说话。他转过来面对我。

"那边听筒还没有挂,但是没有人说话。总机也听不到回音。赶快,黑斯廷斯,在电话簿里查查罗斯的地址。我们必须马上过去。"

第二十六章 巴黎？

几分钟后，我们跳上了一辆出租车。

波洛的面容非常严肃。

"我很害怕，黑斯廷斯，"他说，"我很害怕。"

"难道你是说——"我刚开头又停了下来。

"我们要面对的是一个已经两次出手杀人的家伙——他会毫不犹豫地继续杀人。他就像老鼠一样东躲西藏，四处乱窜，只为了能活下来。如果罗斯是一个威胁，那么他就会被设法铲除。"

"他要说的东西真的那么重要？"我有些怀疑地问，"他自己好像并不这么认为。"

"那么他就是想错了。很明显，他想说的事情至关重要。"

"但是怎么会有人知道的？"

"他和你说过话，你说过的。就在克拉里奇饭店，周围都是人。疯狂——太疯狂了。啊！你为什么没有把他带回家——保护起来——不要让任何人靠近他，直到我听到他要说的事情！"

"我没想过——我做梦也不会想到——"我结结巴巴地说。

波洛飞快地做了个手势。

"不要责备自己了——你怎么会知道呢？我——我应该会想到。黑斯廷斯，你看，凶手像老虎一样狡猾，残忍。啊！我们是永远到不了吗？"

我们终于还是到了。罗斯住在肯辛顿一个大广场旁一幢公寓的二楼,门铃旁的小槽里插着一张卡片,上面有住户的姓名。大厅的门开着,一进去就能看到一个大楼梯。

"这么容易就能进来,还不会有人看到。"波洛在踏上楼梯时喃喃自语道。

二楼有一个像是另外隔开的房间,窄窄的门上挂着一把耶鲁锁。罗斯的名片就插在门中间。

我们站在那儿,四周一片死寂。

我推了一下门——出乎我意料,门开了。

我们走了进去。

里面有一个狭窄的门厅,其中一边有一扇开着的门,另一扇门就在我们面前大开着,看起来是通向起居室的。

我们继续走进起居室。这是一个大前厅被隔出来的一半,里面的家具看起来很廉价,但是很舒适。房里空无一人。一张小桌上放着电话,听筒还放在话机的旁边。

波洛迅速向前走了一步,四下打量了一番,然后摇摇头。

"不在这儿。这边,黑斯廷斯。"

我们沿来路走回门厅,走进了另一扇门。这是一间小巧的餐厅,在桌子一侧的椅子上坐着的正是罗斯,身体歪斜着倒在桌子上。

波洛俯身查看他。

再次直起身时,波洛的脸色灰白。

"他已经死了。刀是从后脑根部刺入的。"

那天下午的经历就像是一场噩梦,在之后很长时间都留在我的心里无法被忘记。我无法摆脱那样一种可怕的感觉——我应该对此负责。

那天晚上,我们两人单独在一起的时候,我难以启齿地把这种内疚向波洛倾诉。他的反应很快。

"不,不,不要责怪自己。你怎么会想到发生这种事情?仁慈的上帝一开始就没有给你多疑的性格。"

"你会怀疑吗?"

"这是不同的。你看,我的一生都在追查凶手。我知道那种杀人的冲动是如何一次比一次强烈,直到最后,会为了一些微不足道的原因动手——"他就此停了下来。

下午那个糟糕的发现之后,他一直非常沉默。从警察出现,询问公寓的其他人,到完成一起谋杀案所需经历的全部可怕的例行公事期间,波洛一直保持着好像置身事外的态度——奇怪地沉默着——眼中有一种遥远的、思考的神色。现在,他忽然停下不再说话的时候,那种遥远的、思考的神色再次浮现。

"没有时间浪费在懊恼上了,黑斯廷斯。"他平静地说,"没有时间说什么'如果'了——死去的这个可怜的年轻人有话想要告诉我们。现在我们知道这是非常重要的事情——不然他不会被杀。既然他已经没办法再说话——我们必须猜。我们必须猜——只有一条小小的线索作为指引。"

"巴黎。"我说。

"是的,巴黎。"他站起身,开始在房间里来回踱步。

"整件事里已经有很多次涉及巴黎了,但很可惜都是在不同的情况下。那个小金匣子上刻着'巴黎'的字样,去年十一月在巴黎。亚当斯小姐去过巴黎——可能罗斯也在那儿。是不是还有什么罗斯认识的人也到过巴黎?他是不是在什么特别的场合下看到某个人和亚当斯小姐在一起呢?"

"我们永远也不会知道了。"我说。

"不，不，我们可以知道的。我们一定会知道的。人类头脑的力量几乎是无限的。这个案子里还有什么地方提到过巴黎？有个带着夹鼻眼镜的矮小女人在巴黎的珠宝店取了那个小金匣子。她是不是就是罗斯认识的那个人？案发的时候默顿公爵正好在巴黎。巴黎，巴黎，巴黎。埃奇韦尔男爵正在准备去巴黎——啊！我们可能找到了一点线索。杀死他是不是就是要阻止他去巴黎？"

他又坐了下来，眉头皱在一起。我几乎可以感觉到他正高度集中起来的思考力。

"那个午餐会上到底发生了什么？"他低声说，"有人无心说起的话让唐纳德·罗斯明白了他所知道的事情的重大意义，在那之前他并不了解这一点。是提到法国了？还是巴黎？我是说，在你坐的那一桌上。"

"是提到了巴黎这个词，但是和那些事情无关。"

我跟他说了简·威尔金森出的丑。

"这也许说明了什么。"他若有所思地说，"巴黎这个词就已经足够了——只要和其他东西放在一起考虑。但是这其他的东西又是什么？罗斯当时在看什么？或者说，当这个词被人说出来的时候，他正在谈论什么？"

"他正在说苏格兰式的迷信什么的。"

"他的眼睛呢——在看着哪儿？"

"这我就不太肯定了。我想他是在看着桌子的上座，威德伯恩夫人坐着的那个位置。"

"谁坐在她的下手？"

"是默顿公爵，然后是简·威尔金森，接着是几个我不认识的人。"

"公爵大人。巴黎这个词出现的时候,他看着的可能是公爵大人。公爵,记得吧,命案发生的时候正好在巴黎,或者说,据说是在巴黎。也许罗斯忽然想起什么事情,可以证明默顿公爵当时不在巴黎。"

"我亲爱的波洛!"

"是的,你觉得这很可笑。每个人都会这么觉得。默顿公爵会有杀人的动机?是的,有一个非常强的动机。但是要假设他确实杀了人——哦!荒唐。他是如此富有,地位如此崇高,还有众人皆知的孤傲品格。没有人会去仔细考证他的不在场证明。话说回来,在一间大酒店伪造一个不在场的证据也不是那么难。下午搭船过去——然后回来——这就行了。告诉我,黑斯廷斯,提到巴黎这个词的时候,罗斯有没有说什么?他有没有什么情绪激动的样子?"

"我好像记得他倒吸了一口凉气。"

"那么他在之后和你说话时候的态度呢?莫名其妙?困惑?"

"就是你说的那样。"

"一点不错。他想到了什么事情。他觉得这实在荒谬!太可笑了!但是——他很犹豫要不要说出来。他先是想告诉我,但是,可惜啊,等他打定主意的时候,我已经离开了。"

"要是他对我再多说一点点就好了。"我惋惜地说。

"是的,如果是这样就好了——当时谁在你身旁?"

"怎么说呢,几乎就是所有人。他们正在和威德伯恩夫人道别,我没有特别注意到谁。"

波洛又站起身来。

"难道我猜错了?"他又开始在房间里踱步,同时低声说道,"难道我一直都想错了?"

我同情地看着他。他脑子里到底在想着什么，我是完全不知情的。"像贝壳一样严严实实"，杰普这么说他，苏格兰场的这位大侦探可一点都没说错。我只知道，现在，就在这一刻，他正在和自己交战。

"不管怎么说，"我说道，"这起谋杀绝对不能安到罗纳德·马什头上。"

"这一点对他是有利的。"我的朋友心不在焉地说，"但是目前我们并不需要考虑这一点。"

和之前一样，他又忽然坐了下来。

"我不可能完全错了，黑斯廷斯，你还记得我曾经给自己提出了五个问题吗？"

"我似乎还模糊记得这回事。"

"这五个问题是：为什么埃奇韦尔男爵在离婚的问题上改变了主意？他说他写给妻子的那封她声称从未收到的信到底是怎么回事儿？为什么那天我们离开他家的时候他会有那种愤怒的表情？卡洛塔·亚当斯的手袋里怎么会有一副夹鼻眼镜？为什么有人打电话到齐西克找埃奇韦尔男爵夫人，然后又马上挂断？"

"是的，就是这些问题。"我说，"现在我想起来了。"

"黑斯廷斯，我脑子里一直有一点小想法。关于那个人，那个幕后人物到底是谁的想法。这五个问题中的三个我已经有了答案——这些答案和我的想法是吻合的。但是，黑斯廷斯，剩下的两个问题，我没有办法解答。

"你知道这是什么意思吧？要么我对这个人的猜想是错的，不可能是这个人，要么这两个问题的答案一直都在。是哪一个呢？黑斯廷斯，是哪一个呢？"

他站起身走向书桌，打开抽屉的锁，拿出露西·亚当斯从美国寄给他的那封信。他要求杰普让他把这封信多保管几天,杰普也同意了。波洛把信放在桌上,又仔细地看起来。

时间一分一分地过去,我打着哈欠拿起一本书开始看。我不觉得波洛能再研究出什么结果。我们已经一遍又一遍地看过那封信。就算上面提到的那个人不是罗纳德·马什,也没有什么地方可以看出到底是谁。

我翻着书页……

我也许是睡着了……

忽然波洛发出一声低吼。我猛然坐了起来。

他用一种难以形容的表情看着我,眼睛发绿,闪着光芒。

"黑斯廷斯,黑斯廷斯。"

"怎么了,是什么?"

"你还记不记得我跟你说过,如果那个凶手是一个计划周密、准备周全的人,他就应该剪掉这一页,而不是撕掉?"

"怎么了?"

"我想错了。整件案子都是有条有理的,这页信纸必须被撕下来,而不是剪开。你自己看看。"

我看着信纸。

"怎么样,看到没有?"

我摇摇头。

"你是说他赶时间?"

"不管赶不赶时间,都是一回事。难道你没有看出来吗,我的朋友?这页纸必须被撕下来……"

我摇着头。

波洛低声说道:"我真傻,真是瞎了眼。但是现在——现在——我们找到了方向。"

第二十七章 关于夹鼻眼镜

也就一会儿工夫,他的情绪变了,忽然站起了身。

我也马上站起来——虽然不知道为什么,但是心甘情愿地跟着他这样做了。

"我们要叫辆出租车。现在才九点,去拜访一下还不算太晚。"

我跟着他匆匆下楼。

"我们要去见谁?"

"我们要去摄政门。"

我决定最好的选择就是不要多话。看得出,波洛并没有心情回答问题。我明白他很兴奋。在出租车上并排坐着的时候,他的手指在膝盖上敲着,那种紧张的不耐烦和他平时的冷静截然不同。

我在脑中逐字回想了一遍卡洛塔·亚当斯写给她妹妹的那封信。到现在,我几乎已经能够背诵全部内容。我也一遍又一遍地向自己重复波洛关于那被撕去的一页的说法。

但是毫无用处。对我而言,波洛的这些话完全没道理。为什么说这一页纸必须是被撕掉的?不,我完全不明白。

到了摄政门,是一名新管家来开门。波洛说要见卡罗尔小姐。当我们随管家上楼的当口,我第五十次想到这个问题:之前那个"希腊神像"一般的管家去哪儿了？警察到现在也没有找到他。我忽然打了个冷战，因为我想到他可能也已经死了。

卡罗尔小姐的行动一如往常轻快利落，她那异常理智的形象把我从荒诞的空想中拉了回来。见到波洛，她显然非常意外。

"我很高兴还能在这儿见到你，女士。"波洛说着，躬身亲吻了她的手，"我还担心你可能已经不在这儿工作了。"

"杰拉尔丁不希望我离开，"卡罗尔小姐说，"她求我留下来。而且，在这样一个关口，这可怜的孩子确实需要一个人陪着，至少是一个可以安慰她的人。我向你保证，波洛先生，如果有必要，我可以是一个非常有效的安慰者。"

她的嘴角露出一丝严肃的表情。我觉得她拒绝记者或者是跑新闻的家伙们会很有一套。

"女士，一直以来我都把你看作效率的代名词。效率，我非常崇拜它，它很稀有。马什小姐就没有，她根本没有实用主义的头脑。"

"她是个梦想家，"卡罗尔小姐说道，"一点儿也不实际，一直都是这样。幸亏她从不需要靠自己谋生。"

"是的，确实如此。"

"不过我想你来这儿不是为了讨论某些人是不是现实吧？我能为你做点什么呢，波洛先生？"

我不觉得波洛会喜欢被人以这种方式要求他切入重点。某种程度上来说，他有些痴迷于他那套拐弯抹角的方式。不过对卡罗尔小姐来说，那种方式并不实用。她透过厚厚的眼镜片向波洛疑心地眨着眼。

"我有几个问题想请你确认一下。我知道你的记忆力是信得过的，卡罗尔小姐。"

"如果不是这样，怎么做得好秘书这个工作？"卡罗尔小姐冷冷地说。

"埃奇韦尔男爵去年十一月去过巴黎吗？"

"是的。"

"你能告诉我他去巴黎的日期吗？"

"这个我得查查看。"

她站起身，打开抽屉的锁，拿出一本小册子，翻了一会儿，最后宣布："埃奇韦尔男爵在十一月三日去了巴黎，在七日返回。他在十一月二十日又去了巴黎，直到十二月四日再返回。还有什么问题吗？"

"是的。他去巴黎的目的是什么？"

"第一次是去看几件雕塑，他有兴趣在之后的拍卖会上买下来。第二次就我所知没有什么特别的目的。"

"这两次当中，马什小姐有没有陪父亲去过？"

"她从未陪父亲去过，波洛先生。埃奇韦尔男爵绝对不会这样做。其实当时她就在巴黎一家寄宿学校里，不过我不认为她父亲会去看她或者是带她出来——至少，如果他这么做了，我会感到非常惊讶。"

"你本人没有陪着他？"

"没有。"

她好奇地看着他，忽然发问："波洛先生，你为什么问我这些问题？这些问题有什么意义？"

波洛没有回答，而是继续问道："马什小姐很喜欢她的堂兄，是不是？"

"说真的，波洛先生，我不知道这跟你有什么关系。"

"她前几天来找过我。你知道吗？"

"不，我不知道。"她似乎很吃惊，"她说了些什么？"

"她告诉我——其实倒也不是原话——她很喜欢她的堂兄。"

"既然这样，为什么还要问我呢？"

"因为我想听听你的看法。"

这一次，卡罗尔小姐决定直接回答了。

"在我看来，过于喜欢了。一直都是这样。"

"你不喜欢这位新的埃奇韦尔男爵？"

"我可没有这么说。只是我帮不上他的忙，如此而已。他不太正经。我不否认他有讨人喜欢的地方，比如可以花言巧语让你开心。但是我更想看到杰拉尔丁喜欢上别的什么人，形象更正派的某个人。"

"比如默顿公爵？"

"我不认识那位公爵。不管怎样，他似乎把自己的地位看得很严肃。但是他正在追求一位女士——那个宝贝的简·威尔金森。"

"他的母亲——"

"哦！我敢说他母亲更希望他娶杰拉尔丁。但是母亲们又能做什么呢？儿子们从不会想娶自己母亲希望他们娶的那些女孩。"

"你觉得马什小姐的堂兄喜欢她吗？"

"不管他喜不喜欢，以他现在的情形，又有什么关系呢？"

"这么说，你觉得他会被判刑？"

"不，我不这么想。我认为不是他干的。"

"不过他还是会被判刑？"

卡罗尔小姐没有回答。

"我不该再耽误你的时间了。"波洛站起身，"顺便问一句，你知道卡洛塔·亚当斯吗？"

"我看过她的演出,非常聪明。"

"是的,她确实很聪明。"他似乎又陷入了沉思,"哦!我把手套放在桌上了。"

伸手从桌上拿手套的时候,他的袖口挂住了卡罗尔小姐夹鼻眼镜的链子,把眼镜也碰掉了。波洛捡起眼镜和手套,连声道歉。

"我要再次道歉,打扰到你了。"波洛说,"但是我以为能找到埃奇韦尔男爵在去年曾与人有过争执的线索,所以我问到了巴黎的问题。一个虚妄的假设,恐怕是这样。不过杰拉尔丁小姐似乎很肯定不是她堂兄杀的人。她是那么肯定。总之,晚安,女士,再次向你道歉,打扰你太久了。"

我们刚走到门口,卡罗尔小姐的声音又把我们叫住了。

"波洛先生,这不是我的眼镜。我戴上看不清东西。"

"什么?"波洛很吃惊地看着她,然后他脸上露出了笑容。

"我真是笨手笨脚。弯腰捡手套和你的眼镜时,我自己的眼镜也滑出来了。我一定是把两副眼镜弄混了。它们看起来很像,你瞧。"

两人交换了眼镜,都面带微笑,然后我们就告辞了。

"波洛,"一走出门我就说道,"你根本不戴眼镜。"

他对我微笑。

"厉害!你这么快就看出来了。"

"这是在卡洛塔·亚当斯手袋里发现的那副眼镜?"

"正是。"

"为什么你会认为那是卡罗尔小姐的?"

波洛耸耸肩。

"她是和案子相关的人当中唯一戴眼镜的。"

"但眼镜不是她的。"我若有所思地说。

"她是这么说的。"

"你这个多疑的老家伙。"

"一点也不,一点也不是。她说的可能是真的。我想她的确说了实话,不然,我怀疑她根本就发现不了眼镜被换过了。我的朋友,我的手法可是很巧妙的。"

我们在街上有些漫无目的地踱着步。我建议叫一辆出租车,但是波洛摇了摇头。

"我需要思考,我的朋友。走路对我有帮助。"

我没有再说什么。那晚有些闷热,我倒是也不急着回家。

"那么你问的那些巴黎的问题也只是打个掩护?"我好奇地问道。

"也不完全是。"

"我们还没有解决首字母D这个谜团。"我边想边说,"很奇怪的是,和这案子有关的人里面没有一个的首字母是D——不管是姓还是名,除了——啊!对了,这又很奇怪了——除了唐纳德·罗斯本人。但他已经死了。"

"是的,"波洛有些阴沉地说,"他已经死了。"

我想起之前我们三人一起散步的那个夜晚。再加上想起的另一件事,我不觉倒吸了一口凉气。

"哎呀,波洛。"我说,"你还记得吗?"

"记得什么,我的朋友?"

"罗斯说的关于晚宴上的十三个人,还有,他是第一个离开的。"

波洛没有回话。我倒是有些不安,就像是迷信应验的时候大多数人感受到的那样。

"这挺奇怪的。"我用低沉的语调说,"你得承认,这挺奇怪的。"

"嗯?"

"我说这事挺奇怪的——罗斯和十三。波洛,你在想什么呢?"

让我非常惊讶,同时我必须承认,也觉得有些讨厌的是,波洛忽然开始大笑起来,甚至笑到浑身发抖,半天也停不下来。显然是有什么事情让他觉得非常好笑。

"你到底在笑什么呢?"我没好气地说。

"哦!哦!哦!"波洛喘着气说,"没什么。我想起之前听过的一个谜语。我来讲给你听。什么东西两条腿,浑身毛,叫起来像是狗?"

"当然是鸡。"我厌倦地说,"我还很小的时候就知道了。"

"你知道得太多了,黑斯廷斯,你应该说:'我不知道。'然后轮到我,我说:'是鸡。'然后你再说:'但是鸡不是像狗那样叫的。'我就接着说:'哦!我说这句是为了让这谜语更难猜一点。'黑斯廷斯,这是不是就有了那个字母D的解释呢?"

"太胡扯了!"

"是的,对绝大多数人来说是这样,但是对某些想法特别的人来说就不同了。天哪!如果我有个什么人可以问一下就好了……"

我们经过一间大电影院。观众一边拥出来一边讨论着各自的话题——他们的仆人,异性朋友,还偶尔说说刚刚看过的电影。

我们与他们中的一群一起走过尤斯顿路。

"我喜欢这部片子。"一个女孩感叹着,"布赖恩·马丁真是太棒了。他演的片子我一部都没有错过。他骑马冲下悬崖,把文件及时送到的那段真是太棒了。"

她的同伴没有那么激动。

"多傻的故事啊。如果他们还有点脑子,就该马上去问问埃利斯。任何还有点脑子的人都会这么办——"

其余的部分就没有听到了。走到人行道上时,我回头看到波洛站在马路的正中间,两边都有公共汽车几乎要撞到他。我本能地用双手捂住眼。只听见一片刹车声和公共汽车司机的咒骂声,波洛却非常庄严地走到路边,看起来就像是在梦游。

"波洛,"我说,"你疯了吗?"

"没有,我的朋友。只是——我忽然想到一件事。就在那儿,就在那一刹那。"

"这该死的一刹那。"我说,"差点就是你最后的一刹那了。"

"没关系。哦,我的朋友——我一直都是又聋又瞎,还麻木不堪。现在我知道全部问题的答案了——是的,全部五个问题。是的——我全明白了……如此简单,如此幼稚简单……"

第二十八章 波洛的问题

回家的一路都有些奇怪。

波洛很显然是在脑子里想着自己的那一套，偶尔会低声说几个字。我听到了几次。有一次他说什么"蜡烛"，还有一次听起来像是"一打"之类的。我想，如果当时的我足够聪明，应该能明白他的思路。那真的是一条很清晰的思路，只是在那个时候，在我听来就是一串莫名其妙的胡言乱语。

我们一到家他就跑到电话旁边，打给了萨伏依饭店，要求与埃奇韦尔男爵夫人通话。

"没希望的，老伙计。"我有些打趣地说。

就像我常对他说的，波洛大概是这个世界上消息最不灵通的人之一。

"你还不知道吗？"我继续说道，"她已经上了新戏，现在应该在剧院。现在只有十点半。"

波洛没有理我，继续同饭店的职员说话，那边显然是在告诉他我刚刚讲过的话。

"啊！是这样？那我想和埃奇韦尔男爵夫人的女仆说几句话。"

过了一会儿，电话接通了。

"是埃奇韦尔男爵夫人的女仆吗？我是波洛先生，赫尔克里·波洛。你还记得我吗？"

"……"

"好极了。现在有件很重要的事情发生，我希望你立即过来见我。"

"……"

"是的，非常重要。我把地址给你，听好。"

他重复了两次，然后才满脸心事地挂上了电话。

"这是什么意思？"我好奇地问，"你真的有什么信息？"

"不，黑斯廷斯，是她会告诉我一些信息。"

"什么信息？"

"关于一个人的信息。"

"简·威尔金森？"

"哦！说到她，我已经有了我需要的所有信息。如你所说，我对她的一切都了如指掌。"

"那么，是谁呢？"

波洛又露出那种非常令人讨厌的微笑，告诉我等着看好了。然后他就开始挑剔地整理房间。

十分钟之后，女仆到了。她看起来有些紧张，不太安心。她个子矮小，穿着一身黑衣，疑惑地向四周张望。

波洛赶紧迎上前。

"啊！你来了，这真是太好了。请坐吧，是埃利斯女士，对吧？"

"是的，先生。埃利斯。"

她坐在了波洛让出来的椅子上。

埃利斯两手叠放在膝上，看看我，又望望波洛。她毫无血色的小巧脸庞神色镇定，薄薄的嘴唇绷得很紧。

"首先，埃利斯小姐，你跟着埃奇韦尔男爵夫人有多长时间了？"

"三年了，先生。"

"我也是这么想的。你对她的事情相当了解。"

埃利斯没有说话。她看起来不太同意。

"我的意思是，你应该知道她的仇人都是谁吧？"

埃利斯的嘴唇闭得更紧了。

"很多女人都想看她倒霉，先生。是的，她们都和她对着干，很可怕的嫉妒心。"

"同性的朋友都不喜欢她？"

"是的，先生。她长得太好看了，总是能得到她想要的东西。在戏剧这一行，有很多可怕的嫉妒心。"

"那么男人呢？"

埃利斯枯槁的脸上露出一丝苦笑。

"先生，对男人她倒是想怎么样就能怎么样，这是真的。"

"我同意你的话。"波洛微笑着说，"不过，即便如此，我可以想到情况有了变化——"他停下不说了。

接着，波洛换了不同的语调继续说下去："你认识布赖恩·马丁先生吗？那个电影演员？"

"哦！认识，先生。"

"很熟悉吗？"

"确实，相当熟悉。"

"我想这么说应该不会错——差不多不到一年之前，布赖恩·马丁先生曾深爱过你的女主人。"

"不顾一切地，先生。而且应该说'还深爱着'，不用说'曾'，如果要我说的话。"

"他当时是深信她会嫁给他,对吗?"

"是的,先生。"

"那么她有没有认真地考虑过嫁给他?"

"她是想过,先生。如果她可以摆脱掉男爵大人,我想她会嫁给他的。"

"接着,我猜,就是默顿公爵出现了。"

"是的,先生。他当时正在美国游览。她对他算是一见钟情。"

"布赖恩·马丁的希望也就没有了。"

埃利斯点点头。

"马丁先生当然也挣了不少钱,"她解释说,"但是默顿公爵还有爵位。夫人是很爱地位的人,嫁给默顿公爵,她就能成为国内头等的贵妇了。"

女仆的声音有一种志得意满的味道,这让我觉得很好笑。

"所以布赖恩·马丁先生就——应该怎么说——被拒绝了?他能接受吗?"

"他表现得可是很可怕,先生。"

"哦!"

"有一次他拿着枪来威胁她。他闹得那些事情让我非常害怕,是真的。他还经常酗酒,完全崩溃了。"

"但最后他还是冷静下来了。"

"是的,看起来是这样,先生。但他还是没放下。我不喜欢他的眼神。我警告过夫人,但是她只是大笑而已。她喜欢享受自己的魅力,如果你明白我的意思。"

"明白。"波洛若有所思地说,"我想我明白你的意思。"

"只是最近才没有经常见到他了,先生。在我看来是件好事,他看起来已经放下了，希望如此。"

"大概吧。"

波洛说出这话的样子好像让她有些惊讶。她急切地问："你不会是觉得她有危险吧？"

"是的，"波洛严肃地说，"我想她有很大的危险，但这也是她自己造成的。"

他的手在壁炉架上漫无目的地摸索着，碰到了一瓶玫瑰花，花瓶便倒了下来，水溅到了埃利斯的脸上和头上。我很少见到波洛这样笨手笨脚的。我想大概是他的脑中太过忙乱了。他很不安——赶紧跑去拿来毛巾——很亲切地帮女仆擦干脸上和脖子上的水，一边连声道歉。

最后波洛给了她一些钱，陪着她走到门口，感谢她的到来。

"现在还早，"他看了一眼钟说道，"你可以在女主人回家之前赶到的。"

"哦！没关系的，先生。她出去吃晚饭了，我想是这样。不管怎么说，除非特别要求，否则她一般不会让我熬夜等着她回来。"

波洛忽然冒出一句毫无关系的话。

"女士，原谅我的冒昧，但是你走路有些跛？"

"没有什么事，先生。我的脚有些疼。"

"是鸡眼吧？"波洛用一种同病相怜的语调低声说道。

确实是鸡眼。波洛很详细地给她介绍了一个方子，说是按他自己的经验，非常有效。

最后，埃利斯走了。

我满心疑惑。

"那么，波洛，"我说，"这是怎么回事儿？"

他对我的急不可耐只是笑笑。

"今晚就到此为止了,我的朋友。明天一早我们得给杰普打个电话,让他过来一趟。我们还要给布赖恩·马丁先生打个电话,我想他会有些有趣的事情要告诉我们。还有,我希望能还一下我欠他的那笔债。"

"说真的?"

我瞥了波洛一眼。他正奇怪地自顾自笑着。

"不管怎么说,"我说道,"你总不能怀疑是他杀了埃奇韦尔男爵吧?特别是今晚知道了这些之后。为简报仇,杀了她的丈夫,让她去嫁另一个男人,这对任何男人来说都有些太大公无私了。"

"多么深刻的论断啊。"

"别冷嘲热讽了。"我有些恼火地说,"你一直在摆弄什么呢?"

我问的是波洛手里拿着的东西。

"是埃利斯的夹鼻眼镜,我的朋友。她把眼镜落下了。"

"胡扯!她出门时候鼻梁上不是架着眼镜吗?"

他轻轻地摇着头。

"错了!完全错了!她戴着的,我亲爱的黑斯廷斯,是我们在卡洛塔·亚当斯手袋里找到的那副夹鼻眼镜。"

我倒吸一口冷气。

第二十九章 波洛分析案情

第二天一早，由我来给杰普打电话。

他的声音听起来相当沮丧。

"哦，是你啊，黑斯廷斯。好吧，这是吹的什么风？"

我转达了波洛的口信。

"十一点过来？行啊，我是没问题。关于罗斯的死，他有没有什么可以帮到我们的？我倒是不介意承认，我们正需要些帮助。什么线索都没有，真是件神秘的案子。"

"我想他是有事情要告诉你的。"我不置可否地说，"他似乎对一切都很满意。"

"这比我强了。行了，黑斯廷斯上尉，我会来的。"

我的下一个任务是打给布赖恩·马丁。对他说的也是波洛吩咐我说的话：波洛发现了一些挺有趣的事情，他觉得马丁先生也会想听听。当他问我是什么时，我说我也不知道，波洛并没有告诉我。他听到后沉默了一阵。

"好的。"布赖恩最后还是说，"我会到的。"

他挂了电话。

不一会儿，令我惊讶的是，波洛又给珍妮·德赖弗打了电话，邀请她也出席。

他话不多，相当严肃的样子，我也就什么都没有问。

布赖恩·马丁是第一个到的。他看起来气色不错,很有精神,但是——当然也许是我在瞎想——有一点点不安。珍妮·德赖弗几乎是紧跟其后,她看起来对布赖恩·马丁在场有些惊讶,他好像也有同感。

波洛搬来两把椅子请他们坐下,然后看了看自己的表。

"杰普警督一会儿就到了,我想。"

"杰普警督?"布赖恩似乎吃了一惊。

"是的——我让他过来的——非官方的,作为朋友而已。"

"我明白了。"

他又恢复了沉默。珍妮迅速看了他一眼,又瞄向别处。今天上午她看起来有些心事。

过了一会儿,杰普走进了房间。

我猜,他见到布赖恩·马丁和珍妮·德赖弗的时候是有些吃惊的,但是并没有表现出来。他和波洛打了招呼,还是平常嘻嘻哈哈的样子。

"好啊,波洛先生,这是怎么回事儿?我想你是有了什么了不起的假设?"

波洛对他笑了笑。

"不,不——没什么大不了的。只是个简单的小故事——简单到我真是很惭愧没有一眼看出来。如果你允许的话,我想从头开始带着你把整个案子过一遍。"

杰普叹了口气,看了看自己的表。

"如果不超过一小时的话——"他说。

"放心吧。"波洛说,"不会花那么长时间。你看,难道你不想知道是谁杀了埃奇韦尔男爵,谁杀了亚当斯小姐,谁杀了唐纳德·罗斯?"

"最后一个,我想知道。"杰普小心地说。

"听我说下去,你就会知道一切了。你看,我会很谦逊的。"(不太可能吧!我不以为然地想。)"我会把案子的每一步都指给你们看——我会告诉你们我曾被如何蒙蔽过,以及我的表现是怎样愚蠢;还有我的好朋友黑斯廷斯,加上偶然听到的,完全陌生的路人说出的话是怎样帮我回到了正轨。"

他停了停,清清嗓子,用那种被我称作"授课"的声音开始说。

"我会从那晚在萨伏侬饭店的晚餐说起。埃奇韦尔男爵夫人遇见了我,要求和我单独谈谈。她想要摆脱自己的丈夫。在谈话快要结束的时候她说起——我曾以为这很不明智——她也许会去找一辆出租车,自己过去杀了他。这话布赖恩·马丁先生也听到了,他当时刚好走了进来。"

他转过身去。

"嗯?是这样,不是吗?"

"我们都听到了。"这位男演员应道,"威德伯恩夫妇、马什、卡洛塔——我们都听到了。"

"啊!我同意,我完全同意。那么,我始终没办法忘掉埃奇韦尔男爵夫人说过的这句话。布赖恩·马丁先生在之后的某个上午过来拜访,就是想把这句话的意思表达得更明白一些。"

"完全不是这样。"布赖恩·马丁生气地叫出来,"我来是——"

波洛抬起一只手阻止他继续说下去。

"你过来,从表面来看,是为了告诉我那个被人跟踪的奇妙故事。其实那是个孩子都可以看穿的把戏。你可能是从某部过时的旧片里面借鉴过来的。说是要征求一位女子的同意——还有什么镶金牙的男人。我的朋友，没有什么年轻人会有金牙了——已经有很长时间没人这么干了——特别是在美国。金牙是老派到不行的牙科手术。啊！这套玩意儿——可笑！在讲了这个无聊的故事之后，你才开始说到你真实的目的——想让我对埃奇韦尔男爵夫人有一个坏印象。再说得明白点，你在为渲染她谋杀自己的丈夫做好铺垫。"

"我不知道你在说什么。"布赖恩·马丁低声说。他的脸变得像死人一样惨白。

"你对埃奇韦尔男爵会同意离婚这个说法大加嘲讽。你以为我会在之后的一天去见他，但其实我们的会面改期了。我在那天上午见到了他，而且他已经同意了离婚。埃奇韦尔男爵夫人这一边就不存在任何动机了。此外，他告诉我，他已经写信给男爵夫人告知了这个决定。

"但是埃奇韦尔男爵夫人说她从没有收到这封信。要么是她在说谎，要么是她丈夫在说谎，或者是有人扣下了这封信——会是谁呢？

"于是我问我自己，为什么布赖恩·马丁先生不辞辛苦地过来对我撒这些谎？到底是什么内在的力量驱动着他？于是我有了一个想法，先生，你曾经狂热地爱着这位女士。埃奇韦尔男爵说过，他的太太告诉他，她想嫁给一名演员。那么，不妨假设这是真的，只不过男爵夫人又改了主意。等到埃奇韦尔男爵同意离婚的那封信寄到的时候，她想嫁的人已经不同了——不再是你了。这是一个理由，于是你扣下了那封信。"

"我从没——"

"待会儿你可以说你想说的，现在请先听我的。

"接下来，你想做什么呢？你是个被观众宠坏的偶像，从不知道被拒绝的滋味。在我看来,你会非常愤怒,想要尽可能伤害埃奇韦尔男爵夫人。还有什么会比让她被指控谋杀,甚至是因此上了绞刑架更好的办法呢?"

"仁慈的主啊!"杰普说。

波洛转身面对他。

"但是,这是真的,这就是我脑中逐渐形成的想法。有好几件事情可以支持这个推断。卡洛塔·亚当斯有两位主要的男性朋友——马什上尉和布赖恩·马丁。那么有可能,就是布赖恩·马丁这个有钱人建议搞个恶作剧,愿意给她一万美元来办成这件事。在我看来,卡洛塔·亚当斯不会相信罗纳德·马什能有一万美元给她。她知道他是极度窘迫的。布赖恩·马丁更像是那个人。"

"我没有——我告诉你——"那位电影演员声嘶力竭地喊着。

"等到亚当斯小姐写给她妹妹的信从华盛顿电传过来的时候——天哪!哎,我非常不开心。看起来我的推断是完全错误的。但是之后我有了新的发现。信的原件寄到了,那不是一封完整的信,中间有一页不见了。所以,这个'他'并不一定是指马什上尉。

"还有另外一个证据。马什上尉被逮捕的时候,他清楚地声明,他看到布赖恩·马丁走进了那所房子。因为他是被指控的一方,所以这个证词毫无分量。而且,马丁先生有不在场证据。那是自然的,这种证据一定会有。如果是马丁先生犯下了命案,有一个不在场证明是绝对必需的。

"但是那个不在场证明只有一个人可以支持——德赖弗小姐。"

"那又怎么了?"女孩针锋相对地说。

"没什么，女士。"波洛笑着说，"只是在我碰到你和马丁先生共进午餐的那一天，你不嫌麻烦地走过来，试图让我相信你的朋友亚当斯小姐对罗纳德·马什特别感兴趣——不，就像我之前就很肯定的那样——她感兴趣的人其实是布赖恩·马丁。"

"这不可能。"那位电影明星断然地说。

"你可能根本不知道这一点，先生。"波洛平静地说，"但是我想这是真的。这就解释了她对埃奇韦尔男爵夫人的厌恶，除此之外没有别的原因。这种厌恶是因为你。你把被拒绝的事情原原本本告诉她了，不是吗？"

"那个——是的——我觉得我必须得和人谈谈，而她——"

"是个很有同情心的人。是的，她是很有同情心的，我也注意到这一点了。那么，接下来呢？罗纳德·马什，他已经被捕了。你的情绪马上好起来了，任何曾有过的忧虑都烟消云散。虽然你的计划因为埃奇韦尔男爵夫人在最后一刻改变主意去参加了那个晚宴而出了岔子，但还是有人成了替罪羊，解除了你所有的担忧。在那之后——在午餐会上——你听到唐纳德·罗斯，那个讨人喜欢但是又有些愚蠢的年轻人对黑斯廷斯说了些什么，好像让你又不是那么安全了。"

"这不是真的！"那演员怒吼着。汗珠在他的脸上流淌，两眼因恐惧露出狂乱的光，"我告诉你，我什么都没有听到——什么都没有——我什么都没有做。"

接下来，发生了那个上午我认为最为震惊的一幕。

"这也是真的。"波洛镇定地说，"你居然跑到我，赫尔克里·波洛的面前编故事——我希望你也受到了足够的教训。"

我们都吓了一大跳。波洛继续像做梦一样说着。

"你们看——我给你们讲了我犯的所有错误。我曾问过自己五个问题。黑斯廷斯知道是哪些问题。其中有三个问题的答案和事情的发展完全吻合。谁扣下了那封信?布赖恩·马丁显然是个很好的答案。还有一个问题是,什么导致埃奇韦尔男爵忽然改变了主意同意离婚?这个我曾有一个想法。要么是他也想另外结婚——但是我找不到证据支持这个假设——要么是有什么敲诈的情况。埃奇韦尔男爵是个品位怪异的人。有可能关于他的什么事情被发现,虽然不足以让他的妻子得到一次英国式的离婚,但是可以被她用作筹码,威胁要公之于众。我想这就是真相了。埃奇韦尔男爵不想让自己的名字和什么丑闻摆在一起。他放弃了,不过他对此的愤怒还是被自以为无人注意时脸上的凶恶表情表露无遗。这也解释了他甚至在我提到这种可能性之前就飞快地说'反正和那封信没有任何关系'。

"还有两个问题了。其中一个是亚当斯小姐手袋里那副根本不属于她的奇怪的夹鼻眼镜;另一个是,为什么埃奇韦尔男爵夫人在齐西克参加晚宴的时候会有一通电话找她。我看不出布赖恩·马丁先生会和这些有什么关系。

"所以我不得不得出这样的结论,要么我对马丁先生的怀疑是错的,要么就是这两个问题问得不对。绝望之下,我又一次读了亚当斯小姐的那封信,非常仔细地读。我又发现了新的东西!是的,我发现了新的东西!

"你们自己看看吧。信在这儿。你们看到被撕的那一页没有?边缘很不齐,这很平常。现在想想,如果在信首那个'h'之前还曾有一个's'……

"啊!明白了吧!你们看,不是'他'——而是'她'!提议卡洛塔·亚当斯去搞这个恶作剧的是一个女人。

"那么,我把和这件案子哪怕有一点点关系的女性列出了一个名单。除了简·威尔金森,还有四个人——杰拉尔丁·马什,卡罗尔小姐,德赖弗小姐和默顿公爵夫人。

"这四人当中最引起我注意的是卡罗尔小姐。她戴眼镜,案发当晚在房子里;她急于归罪给埃奇韦尔男爵夫人而给出了不准确的证词,而且她是一个非常能干、非常有胆量,足以犯下这一罪行的女人。动机还不是很清楚——不过毕竟她为埃奇韦尔男爵工作多年了,这中间可能有什么动机,只是我们完全不知道而已。

"我还觉得不应该完全排除杰拉尔丁·马什的嫌疑。她恨她的父亲——她亲口对我说过。她有些神经质,很容易冲动。假设那晚她走进房子,刺死自己的父亲之后再冷静地走上楼去取那些珍珠首饰;想象一下她发现自己深爱的堂兄没有留在外头的出租车里等着,而是走进了房子之后,该有多懊恼。她那激动的态度可以得到很好的解释。可以说是因为她自己不是无辜的,也可以说是她担心杀人的真是她的堂兄。还有一个小问题。在亚当斯小姐手袋里找到的那个金匣子有一个首字母 D。我曾经听到她被她的堂兄称呼为'黛娜'。还有,她去年十一月的时候在巴黎的一间寄宿学校,很有可能会在巴黎碰到过卡洛塔·亚当斯。

"你们也许会想,把默顿公爵夫人加到这个名单里面实在是太荒唐了。但是她曾找过我,我发现她是一个偏执的人。她把自己一生的爱全部投注在儿子身上,她可能设计这么一个圈套来毁了那个她觉得会耽误自己儿子人生的女人。

"接着,就是珍妮·德赖弗小姐了——"

他停下来,看着珍妮。她头歪向一边,也望着他。

"你对我有什么设想?"

"什么都没有,小姐。除了你是布赖恩·马丁的朋友——还有你的姓是D开头的。"

"这理由不够充分吧。"

"还有一件事。你有犯下这起罪行的头脑和勇气。我怀疑其他人没有这样的条件。"

女孩点燃一根烟。

"继续说。"她高兴地说。

"马丁先生的不在场证明到底是不是真的？这是我需要作出判断的。如果是，罗纳德·马什看到走进房子的人是谁？然后，忽然间我想到了一些事情。摄政门那个英俊的管家和马丁先生看起来非常相像。马什上尉看到的其实是他。所以围绕这一点我又有了一个设想。我认为，他发现了主人被杀，而且主人的尸体旁边有一个装着法郎的信封，价值一百英镑。他拿走了那些钱，溜出了房子，把钱放到某个无赖朋友那儿，然后回来用埃奇韦尔男爵的钥匙打开门，等着女仆在第二天上午发现凶杀案。他觉得自己没有任何危险，因为他很相信是埃奇韦尔男爵夫人犯下了这桩命案。钱已经不在房子里，可能在有人发现它们不见之前就兑换成英镑了。不过，当埃奇韦尔男爵夫人有了不在场的证据，苏格兰场开始调查他的来历时，他察觉到了风声，于是逃走了。"

杰普赞成地点着头。

"我还有那个夹鼻眼镜的问题需要解决。如果卡罗尔小姐是眼镜的主人，那么这案子就可以了结了。她可以扣留那封信；她可能在与卡洛塔·亚当斯商量细节，或者是在谋杀发生那晚见面的时候，不小心把夹鼻眼镜掉到了卡洛塔·亚当斯的手袋里。

"但是显然，那副夹鼻眼镜和卡罗尔小姐毫无关系。那晚我和黑斯廷斯一起散步回家，有些沮丧，试图在脑子里重新按照条理把线索都梳一下。就在那时，奇迹发生了。

"首先是黑斯廷斯谈到了几件事情。他说起了唐纳德·罗斯是参加蒙塔古·康纳爵士晚宴的十三人中的一个，而且是第一个离席的。我当时在按自己的思路想事情，没有注意到这个。我只是在刹那间想到，严格说来这个说法并不正确。他可能是晚餐结束之后第一个离开的，但其实埃奇韦尔男爵夫人因为中途被叫去听电话，她才是第一个离席的人。想起她，我忽然想起一个谜语——我觉得这个谜语和她有些孩子气的心态很契合。我跟黑斯廷斯讲了这个谜语。他像维多利亚女王一样不为所动。接着我就想起，应该找谁才能问到关于马丁先生对简·威尔金森感情的事儿。她自己不会告诉我，这个我知道。接着，就在我们过马路的时候，一个路人说出了一句非常简单的话。

"他对自己的女性朋友说，某人'应该去问问埃利斯'。于是整件事情就那么一下子展开在我面前了。"

他转身看了看。

"是的，是的，那副夹鼻眼镜，那个电话，去巴黎取了小金匣子的矮个子女人。埃利斯，当然了，简·威尔金森的女仆。我一步一步检查了所有过程——蜡烛——昏暗的灯光——范·杜森夫人——一切的一切。我完全明白了。"

第三十章 案发经过

他环顾四周看看我们。

"来吧,我的朋友们。"他温和地说,"让我来告诉你们那天晚上到底发生了什么事情。"

"卡洛塔·亚当斯在七点的时候离开了自己的住所。她搭上一辆出租车,去了皮卡迪利广场饭店。"

"什么?"我叫出了声。

"她去了皮卡迪利广场饭店。那天早些时候她用范·杜森太太的名义订了一个房间。她戴着一副深度的近视眼镜,你们知道的,这会令人的外貌有很大改变。如我所说,她订了房间,说她要搭夜班船去利物浦,行李已经先送过去了。八点三十分的时候,埃奇韦尔男爵夫人过来要求见她,她被领到房间。她们在那儿调换了衣服。卡洛塔·亚当斯戴着金色的假发,穿着白色的塔夫绸衣服和貂皮披肩,以简·威尔金森的身份离开饭店,坐车去了齐西克。是的,是的,这是完全可能的。我曾在晚上去过那间房子,餐桌只有蜡烛照明,灯光非常昏暗,在场的人都不是很熟悉简·威尔金森。只要有金色的头发,有名的沙哑嗓音和仪态,啊!这简直太容易了。如果不成功——如果有人认出了她是假扮的——也没问题,都安排好了。埃奇韦尔男爵夫人戴着深色假发,穿着卡洛塔的衣服,戴上夹鼻眼镜,结了饭店的费用,拿着她的手提箱上了出租车去尤斯顿车站。她在卫生间取下假发，在衣帽间寄存了手提箱。在去摄政门之前，她打电话到齐西克，要求和埃奇韦尔男爵夫人说话。这是两人之间的约定，如果一切顺利，卡洛塔没有被认出来，她会简单地说——'对'，我应该不需要指出，亚当斯小姐对这个电话的真实原因并不知情。听到这个字以后，埃奇韦尔男爵夫人就开始行动了。她去了摄政门求见埃奇韦尔男爵，说明了自己的身份，走进书房，犯下了第一起命案。当然，她不知道卡罗尔小姐在楼上看到了她。就她所知，只有管家一个人（他从未见过她，记住这一点——她还戴着一顶可以挡住他视线的帽子）的说法对峙十二个有名声，有地位的人。

"接着，她离开房子。回到尤斯顿车站，把头发从金色换回深色，取回了手提箱。现在她需要一直等到卡洛塔·亚当斯从齐西克回来。她们只约定了大致时间。于是她去了莱昂斯·康纳饭店，偶尔看看表，等着时间慢慢过去。这时，她开始准备第二起谋杀。她把那个从巴黎定做的小金匣子放到了卡洛塔·亚当斯的手袋里，当然，这个手袋此时正在她手上。可能就是那个时候，她发现了那封信，也许是更早的时候。不管怎么说，当她看到那封信的地址，便感觉到了危险。她打开信——预感被证实了。

"可能她的第一个直觉是干脆毁了那封信。但是她很快就看到了一条更好的出路。只要去掉其中的一页，这封信就成了对罗纳德·马什的指控——一个有很强犯案动机的人。即使罗纳德有不在场的证明，这封信看起来依然会是对某个男人的指控，因为她把那个'她'撕掉一部分，成了'他'。这就是她所做的事情。然后，她把信放回信封，把信封放回手袋。

"接着，约定的时间到了。她朝着萨伏依饭店的方向走去，当看到（假扮的）自己坐着的车从身边经过时，她加快了步子，同一时间进入饭店,直接去了楼上。她穿着很不显眼的黑衣服,不太可能有人注意到她。

"上楼之后她去了自己的房间,卡洛塔·亚当斯也刚刚到。女仆被吩咐先去睡觉,这没什么不自然的。她们再次交换了衣服,接着,我猜是埃奇韦尔男爵夫人提议喝一杯——庆祝一下。那杯酒里面放了佛罗那。她向自己的受害者道贺,说她明天就会把支票寄过去。卡洛塔·亚当斯回到了家,感觉非常困——她本想打一个电话给朋友——可能是马丁先生,或者是马什上尉,两人都是维多利亚区的电话号码——但最后还是放弃了。她太累了。佛罗那开始发挥作用。她上床睡觉——再也没有醒过来。第二起谋杀顺利完成了。

"现在轮到第三起命案了。那是在午餐会上。蒙塔格·康纳爵士提到了他在案发当晚和埃奇韦尔男爵夫人之间谈话的内容。这很容易混过去,但是复仇女神还是找上了她。有人提到了'帕里斯的裁判',她自然把帕里斯当成了她唯一知道的那个巴黎,那个时尚之都。

"但是坐在她对面的刚好是那晚也在齐西克的一个年轻人——一个曾听到当晚那个埃奇韦尔男爵夫人畅谈荷马和希腊文明的年轻人。卡洛塔·亚当斯是个很有教养、读过很多书的女孩。所以他不明白,他凝视着。忽然他恍然大悟,这不是同一个女人。他非常不安,不知道该怎么办好。他需要找人请教,于是想到了我。他对黑斯廷斯说了。

"但是埃奇韦尔男爵夫人听到了。她脑子很快,精明地意识到一定是有什么地方露出了马脚。她听到黑斯廷斯说我要到五点才能回来。在四点四十分的时候,她去了罗斯的寓所。他开了门,非常惊讶地看到了她,但是并没有感到害怕。一个身体健壮的年轻男性没有理由害怕一位女士。他和她去了餐厅，她编了个什么故事，或者是跪下，找机会用手环住他的脖子。接着，她迅速而且利落地出手了　和上一次一样。他也许只是哽噎地发出了一点声音而已——再也没有响动。他也被灭了口。"

室内一片死寂。然后杰普用嘶哑的声音开口了。

"你的意思是——都是她干的？"

波洛点了点头。

"但是为什么呢？如果说他已经答应和她离婚了？"

"因为默顿公爵是英国国教教会的头面人物。他绝对不敢想象自己和一个丈夫还在世的女人结婚。他是个有狂信原则的年轻人。如果是一个寡妇，那么她就相当肯定可以嫁给他了。毫无疑问，她曾试探性地提出过离婚这件事，但是他并没有点头。"

"那为什么要请你去见埃奇韦尔男爵？"

"啊！当然了！"一直表现得非常准确，非常英国化的波洛忽然又变回了自己，"为了蒙蔽我的眼睛，让我成为她并没有谋杀动机的证人！是的，她居然敢利用我，利用赫尔克里·波洛，这个狡猾的女人。我的天哪，她还成功了。哦，这个奇怪的脑子，幼稚而又狡猾。她很会演戏！当我告诉她那封她丈夫说已经寄给她，但是她发誓没有收到的信时，她演得真是好啊。她有没有为这三起谋杀感到过哪怕一点点后悔呢？我敢发誓她完全没有。"

"我跟你说过她是什么样的人。"布赖恩·马丁大声说，"我跟你说过，我知道她会去杀了他。我感觉到了。我还担心她会想出什么办法摆脱嫌疑。她很聪明——魔鬼般的聪明，又有些疯狂。我想看到她受苦，我要看到她被绞死。"

他的脸憋得通红，声音变得浑浊。

"好啦,好啦。"珍妮·德赖弗说。

她说话的样子就像是我在公园听到保姆安慰小孩子的方式。

"那个有首字母 D,里面还刻着'巴黎,十一月'的小金匣子呢?"杰普问。

"她写信定了那个盒子,然后派她的女仆埃利斯去取回来。自然,埃利斯只是去取一个已经付过账的小包裹。她并不知道里面是什么东西。同样,埃奇韦尔男爵夫人还从埃利斯那儿借用了一副夹鼻眼镜,用来假扮范·杜森。她后来忘了这件事情,把眼镜掉在了卡洛塔·亚当斯的手袋里——她的一个疏忽。

"啊!这一切——一切都是我站在马路中间的时候想到的。公共汽车司机对我说的话可不那么客气,但是都值得。埃利斯!埃利斯的夹鼻眼镜,埃利斯去巴黎取回了小匣子,埃利斯,背后自然是简·威尔金森。除了那副夹鼻眼镜,她很有可能还从埃利斯那儿借用了别的什么东西。"

"是什么?"

"一把割鸡眼的小刀。"

我打了一个冷战。

大家都沉默了。

然后,杰普用一种奇怪的,似乎是非常依赖下一个答案似的口气问道:"波洛先生,这是真的吗?"

"是真的,我的朋友。"

布赖恩·马丁接着说话了,我觉得这倒是非常典型的他的态度。

"但是,等等啊。"他没好气地说,"我呢?今天为什么把我叫过来?为什么差点把我吓死?"

波洛冷冷地看着他。

"为了惩罚你，先生，因为你太无礼了。你怎么敢和赫尔克里·波洛耍花招？"

珍妮·德赖弗大笑起来，不停地笑，像是停不下来。

"你这是活该，布赖恩。"她最后说道。

她转向波洛。

"我很高兴能知道这不是罗纳德·马什干的。"她说，"我一直很喜欢他。我很高兴，很高兴，很高兴卡洛塔没有枉死。至于布赖恩，我要告诉你一些事情。波洛先生，我要和他结婚了。如果他以为他能像好莱坞的时尚那样每两三年就离婚然后再结婚——怎么说呢，他就大错特错了。他会娶我，然后和我厮守终生。"

波洛看着她——看着她坚定的下巴——还有火一样红的头发。

"这是很有可能的，小姐。"他说，"会是这样的。我说过，你有足够的勇气做任何事，甚至是嫁给一个电影明星。"

第三十一章 一篇人性的记录

过了一两天，我忽然被召回阿根廷。所以我没有再见到过简·威尔金森，只是在报纸上读到她的庭审和宣判。很意外的是——至少是在我的意料之外——她在指控面前完全崩溃了。在她还能为自己的聪明自豪，扮演好自己那个角色时，她没有犯一点错误。但只要她的自信背叛了她，被人发现了她的诡计，她继续撒谎的能力和一个孩子没有两样。在庭上交叉质询的时候，她完全崩溃了。

所以，正如我之前说过的，那次午餐会是我最后一次看到简·威尔金森。但是每当再想起她，我总是能看到她那副老样子——站在萨伏依饭店自己的房间当中，试穿昂贵的黑色衣服，脸上露出严肃而专注的神情。我相信那不是伪装。她在那时是完全自然的。她的计划成功了，她再也没有什么不安和疑虑。我也相信，她对自己犯下的三起命案没有过哪怕一点点悔恨。

我在此附上一封她要求在死后才送交波洛的信。我相信，这封信足以代表那个惹人喜爱但是完全没有良知的女人。

亲爱的波洛先生，

我仔细想过整件事情，觉得还是应该写信给你。我知道你有时会发表一些案子的调查报告，但是我想你还没有发表过由当事人自己写的记录。同时我也觉得，我希望每个人都知道我到底是如何做到了这些。我还是觉得这件事情的计划是非常周详的，如果不是你，一切都会很顺利。我对这点是有些怨恨的，但是我想你也不得不那样做。我相信，如果我把这个发给你，你会把它发表的，对吧？我想被记住，我确实认为我是个很独特的人。这里的每个人都这么觉得。

事情是从美国，从我认识默顿公爵开始的。我马上就明白了，只要我成了寡妇，他就会娶我。这很不幸，他对离婚有那种很奇怪的偏见。我曾想设法改变他，但是没有成功。我必须非常小心，因为他是个很怪异的人。

我很快意识到，我丈夫必须死掉，但是我不知道该怎么做。你能想象，这种事情在美国要好办得多。我想了又想——但是想不出该怎么做到。这时，忽然之间，我看到了卡洛塔·亚当斯对我的模仿，我马上就有了一个想法。在她的帮助下，我可以有一个不在场证明。就在同一个晚上，我见到了你。我又忽然想到，请你去说服我丈夫同意离婚应该是个不错的主意。与此同时，我逢人就说要杀了我的丈夫，因为我发现了，如果你用一种相当傻的方式说出真相，那么没人会相信你。我在谈合同的时候常常这样。而且，看上去比自己实际上更傻一些是件好事。在我和卡洛塔·亚当斯的第二次会面中，我提出了这个想法。我说这是个赌局，她马上就相信了。她将会假扮成我去参加某个宴会，如果她能瞒住所有人，就能得到一万美元。她对此非常热心，有好几个主意其实都是她想出来的——交换衣服什么的。你知道，我们不能在我的住所做，因为埃利斯总是在。我们也不能在她那儿做，因为她的女仆也会在。当然了，她不明白为什么我们不能让人发现。这有些奇怪。我只是说：'不。'她觉得我在这点上有些犯傻，但还是让步了。我们就想出了饭店这个计划。我拿了埃利斯的一副夹鼻眼镜。

当然，我很快意识到她也必须被除掉。这挺可惜的。但是话说回来，她的那些模仿也挺无礼的，要不是对我的模仿正好合我的意，我也会很生气。我手上有些佛罗那，不过很少用到，所以这个部分很简单。这之后我又想到一个好点子。你知道，如果让人觉得她有服药的习惯会好很多。于是我定了一个小匣子——照着我手头上一个别人送的小东西做的。我要求写上她名字的首字母，还有些刻在里面的铭文。我想如果放些奇怪的缩写，巴黎啊，十一月什么的，会让调查更加困难一些。我趁着某天在丽兹饭店午餐的时候写信定了这个小匣子，派埃利斯去取回来。当然，她不知道这是什么东西。

那天晚上的一切都相当顺利。我趁埃利斯去巴黎的时候拿了她的一把小刀，因为这刀很好用，很锋利。我在之后又放了回去，所以她从没有发现。是旧金山的一位医生告诉我应该从哪儿刺入。他是在和我说腰椎还有骨穿刺什么的时候提到的，他说必须非常小心，要是刺穿了小脑延髓池，碰到所有重要的神经中枢集中的延髓，将会立即致命。我让他指了好几次，给我看准确的地方，我想也许某一天就会有用了。我告诉他我是想把这个点子用在某部电影里。

卡洛塔·亚当斯把这件事写信告诉她妹妹实在是太不得体了。她对我保证过不告诉任何人的。我觉得我能想到撕去一页信纸，让那个"她"变成"他"实在是非常聪明。我可是全靠自己想到这个主意的，这是整件事中我最为自豪的一点。每个人都说我没脑子——但是我觉得想出这个点子是需要些真正的头脑的。

我非常仔细地计划了一切，当苏格兰场的那个人找来的时候，我完全按照计划行事。我对这个部分也很满意。我曾想，搞不好他真的会抓我。但我觉得很安全，因为他们不得不相信那次晚宴上的所有人，我不认为他们会发现我和卡洛塔交换衣服的事情。

在那之后，我感觉很开心，非常满足。我的运气来了，我真的觉得一切都会实现。老公爵夫人对我很不好，但是默顿对我很好。他想很快和我结婚，一点点怀疑都没有。

我想，我的一生从未像那几周一样开心过。我丈夫的侄儿被捕了，让我觉得更加安全。我对自己想到撕掉卡洛塔·亚当斯那封信的一页纸感到更得意了。

唐纳德·罗斯的事情只是运气不好而已。我到现在也不知道他是怎么注意到我的。好像是说帕里斯是个人，而不是巴黎这个地方。我到现在也不知道帕里斯是谁——不管怎么说，我觉得一个男人叫帕里斯也是挺傻的。

很奇怪的是，一个人开始倒霉的时候，坏事就接二连三地来。我必须很快解决唐纳德·罗斯，事情进行得也顺利。可能有些问题，因为我没有时间巧妙计划，也没有想到一个不在场的证明。但是在那之后，我觉得我安全了。

埃利斯当然告诉过我你曾把她叫去问过话，不过我还以为这是和布赖恩·马丁有关的什么事。我没有明白你的意图。你没有问她是不是去过巴黎取包裹。我猜你可能想到，如果她对我复述了问题，我就会觉得不对头了。即便如此，这还是一个彻底的意外。我完全不敢相信，你对我所做的一切了如指掌，实在是不可思议。

我觉得没用了，我没办法和命运对抗。这真是坏运气，不是吗？我在想，你会不会为你造成的这一切感到遗憾？毕竟我只是想按我自己的方式得到幸福。如果不是因为我，你也不会和这起案子有任何关系。我从未想到你居然会如此聪明。你看起来可不是很聪明的样子。

说来好笑，虽然经过了可怕的审讯，检察官那边说了很多关于我的、很不堪的事情，再加上他那种穷凶极恶的盘问，但是我的美貌完全没有因此而受损。

我比之前更苍白，更消瘦了，不知怎么回事，这样挺适合我的。他们都说我非常勇敢。他们不再公开执行绞刑了，是吧？我觉得这挺遗憾的。

我敢肯定，之前绝对没有过像我这样的女谋杀犯。

我想现在得说再见了。真是很奇怪。我似乎并没有认识到这到底是怎么一回事。我明天要去见见牧师。

原谅你的（因为我必须要原谅我的敌人，难道不是吗？）

简·威尔金森

又及：你觉得他们会在杜莎夫人蜡像馆给我造一个像吗？

Lord Edgware Dies
Copyright © 1933 Agatha Christie Limited. All rights reserved.
Letter for Chinese Reader, New Star Edition by Mathew Prichard © 2013 Mathew Prichard.
Translation © 2023 arranged by New Star Press, Agatha Christie Limited. All rights reserved.
www.agathachristie.com
The Poirot icon is a trademark, and AGATHA CHRISTIE, POIROT, *Agatha Christie*® and the AC Monogram Logo are registered trade marks of Agatha Christie Limited in the UK and elsewhere. All rights reserved.
Published by agreement with ACL.
Simplified Chinese edition copyright: 2023 New Star Press Co., Ltd.

图书在版编目（CIP）数据

人性记录 /（英）阿加莎·克里斯蒂著；简华凌译 . — 北京：新星出版社，2023.6
（阿加莎·克里斯蒂侦探小说全集：精装典藏版）
ISBN 978-7-5133-4914-7

Ⅰ . ①人… Ⅱ . ①阿… ②简… Ⅲ . ①侦探小说 – 英国 – 现代 Ⅳ . ① I561.45

中国国家版本馆 CIP 数据核字 (2023) 第 054594 号

午夜文库
谢刚 主持